Daniel Weißmann's

Querschläger

Daniel Weißmann

Querschläger

oder

Die Kakophonie des Schicksals

Für Kerstin

Daniel Weißmann:
*Querschläger oder Die Kakophonie
des Schicksals/*Daniel Weißmann, *Rostock*

Umschlaggestaltung/
Bilder u. Graphiken: Daniel Weißmann, 2000
© Daniel Weißmann, Rostock 2000
Alle Rechte vorbehalten

Druck: Libri Books on Demand

ISBN 3-8311-0049-7
Printed in Germany

Es war einmal: Der Inhalt

Ein paar Worte davor

Jetzt, wo ich mich entschlossen habe, meine mühselig zusammen gekratzten Verbalergüsse öffentlich zu machen, bleibt mir am Ende nur noch, den Anfang zu schreiben und mich schon mal im Voraus zu entschuldigen.

Bevor ich noch Einiges los werde, biete ich dem geneigten Leser das brüderliche DU an und hoffe, der Schritt ist nicht übereilt. Allerdings erhältst DU ja einen intimen Einblick in mich, so daß ich mir im Gegenzug diese Vertrautheit einfach erlauben werde.

Aber nun zum Buch: Ja ich weiß, es hätte mehr sein können! Aber ständig kämpfte ich mit der Unart, mich selbst zu plagiieren. Häufig kommt es vor, daß Geschichten, die gut begonnen haben, den Weg allen Vergänglichen gehen und somit hier auch nicht auftauchen. Ich weiß auch, die Geschichten sind meistens zu kurz. Mir geht es beim lesen ähnlich: Monate nachdem ich eine Geschichte geschrieben habe, hole ich sie gelegentlich hervor und wundere ich mich dann selbst über das plötzliche Ende. Ich wüßte aber trotzdem nicht, wie ich sie hätte weiterführen sollen.

Jeder Leser kann sich aber die Geschichten im Kopf gerne weiter spinnen. Ab und zu gibt es sogar ein offenes Ende! (schau, schau!) Doch von mir erfährt keiner, was danach passiert!

Es ist wohl auch besser zu erwähnen, daß ich bemüht war, die alte Rechtschreibung zu benutzen. Vorallem wegen dem ‚ß' lag mir das sehr am Herzen, weil *Weissmann* schon vom Schriftbild her unästhetisch wirkt und mir die Kommaregeln ans Herz ge-

9

wachsen sind (soweit ich sie beherrsche). Ich bitte Dich, als wohlwollenden Leser, der mir nichts böses will, Fehler in Wort und Struktur nachzusehen; getreu dem Motto: Es könnte ja Absicht sein!

Sei auch nicht verärgert oder gelangweilt, wenn sich ein Schriftstück (z.B. ein Gedicht) gar zu ernst anhört. Manche entstanden in einer Stimmung, die ich selbst hinterher nicht mehr nachvollziehen kann (will). Aber in den Fällen wäre eine nachträgliche Angleichung ein Selbstbetrug, dessen ich mich nicht schuldig machen wollte. Diese ‚stories' kannst Du Dir ja für die Tage aufheben, an denen Du Lust hast ‚zu denken'.

Wenn es Dich interessiert: Die Bilder sind selbstgemacht. Einige sind merklich auf die entsprechende Geschichte zugeschnitten, andere habe ich aus meinem Fundus geklaubt und zugeordnet, wo ich sie entfernt für passend hielt. Ich hoffe, die Bilder bringen Gefallen und Inspiration.Zum Schluß möchte ich meinen Dank aufbrauchen an Kerstin, die mich über Jahre begleitet hat und die wiederum Inspiration war für mich, meine Arbeit fortzuführen. Die Geschichte *Im Fenster*, die, wie Du noch merken wirst oder gemerkt hast, noch leer ist, kann von Dir ausgefüllt werden. Für Kerstin ist es die Aufforderung, endlich die lang überlegte Geschichte selbst zu schreiben.

Danke für die Geduld, das leidige Vorwort zu lesen. Ich wünsche dir einige gehaltvolle Stunden beim lesen und sinnieren mit diesem kleinen Buch- Denn DEINE Meinung zählt!

Unter der alten Linde

Hau ruck! Einmal kräftig stemmen, nicht ganz ohne Anstrengung, und alle sechs haben die schwere Last auf ihren sechs Schultern verteilt. Die alte Eiche wird auch jetzt noch, nach dem eigenen Ende, ihre Spuren hinterlassen. Unbeirrt und sichtlich bemüht, zum einen Anteilnahme zu zeigen und zum anderen die Mühen der Last zu verbergen, schreiten sie langsam im Gleichschritt, im Rhythmus bedächtiger Musik (Marsch oder Walzer), dahin. Mehrfaches Üben hat sie auf diesen Moment vorbereitet, so daß sie jetzt mit angemessener Würde und nicht zu verkennendem Stolz ihre Aufgabe erfüllen können.

Dicht hinter ihnen folgt ein kleines Grüppchen verschiedenster Personen verschiedensten Alters. Angemessen gedeckt gekleidet schreiten sie, jeder den Kopf gesenkt und auch sonst versunken, dahin. Alle allein und ebenfalls bemüht, die Betroffenheit glaubwürdig darzustellen, so, wie sie glauben, daß es richtig sein müßte. Schließlich macht man sowas ja nicht alle Tage, und die fehlende Routine läßt den wirklich Gerührten zweifeln, ob er nun oder gar überhaupt nicht das wiedergibt, von dem er sicher ist, daß er es fühlt.

Ein Seufzer hier ein Schluchzer dort und zwischendurch eine Melodie vom Band, die wirklich passend ist und die sich der Dahingeschiedene extra für diesen Tag gewünscht hat

Bevor die Sargträger die geschminkten Reste des Ach-so-geliebten im funierten Massivholzsarg nicht mehr tragen können (schließlich sind sie alt und kommen auch bald an diesen Punkt im Leben) erreichen sie die vier Kubikmeter ausgeschabten Humusbodens. Die Schritte werden schneller, gleichmäßig, und mit qualvoller Miene wird der verzierte Kubus niedergelassen, stolz und würdevoll nachwievor, nur schneller.

Der Heilige Kastrat redet ein paar Oberflächlichkeiten, sagt '*Amen*' und '*er war uns lieb und teuer*'. '*Wir werden ihn vermissen*' sagt er, dabei kannte er nur einen Personalausweis, Kirchengebühren hat er auch nicht gezahlt- ‚SO EIN LUMP. '*Möge er aufgenommen werden in das Himmelreich*' oder in der Hölle schmoren. Wen kümmert es denn jetzt noch?! Wenigstens spenden hätte er am Ende noch können.

Die Einen sind gleichgültig ('*Er hat mich nie zum Geburtstag eingeladen*'), die anderen bemitleiden sich selbst ('*Wie soll ich ohne ihn nur weiter leben?*' - ganz einfach: fressen, scheißen,--- schlafen).

Hinterher geht man eilig in die beheizte Neubaukirche zurück, immerhin ist es schon Herbst und man will sich ja nicht den Tod holen! oder?

Zuhause wird getrunken (das Leben muß weiter gehen) bis nach Mitternacht. Am Ende ist man sich dann einig: So ein schlechter Kerl war er gar nicht, immerhin bezahlt er das ganze. '*Aber, daß er nicht an die Fleischbällchen gedacht hat! naja*'.

Gemütlich in seiner Kiste (195 * 80 * 50) liegt er, in seinem Sonntagsanzug, die Schuhe waren so gut wie neu, und grinst vor sich hin mit seiner aufgeschminkten Lache, die, da biologisch abbaubar, demnächst von den Mikroorganismen der Umgebung entfernt worden sein wird, um so den Tod von seiner Maske zu befreien. Ein natürliches Lachen ist das A und O in cincr gepflegten Gesellschaft.

Nur der Ehrliche gewinnt. Und wiedereinmal bist du der Angeschissene. Wann immer du das Richtige für dich zu tun glaubst, gibt es wieder jemanden, der dir zeigt, was für ein riesiger Idiot du eigentlich bist. Und im weitesten Sinne ist das ja auch richtig- man darf sich halt nicht erwischen lassen!

Der Geisterfahrerin

Der Passant, welcher gerade mit letzter Anstrengung der Straßenbahn entkommen ist, hastet nun zum nächsten Fußgängerüberweg, um mit all den Anderen rechtmäßig die nächste Straße zu überqueren. Er beeilt sich, weil seine kleine Hausfrau wartet. Sie weiß, daß er um 6 kommt und hat deshalb das Essen fertig; also will er sie nicht enttäuschen- es ist halb7- und legt einen Zahn zu. Seine Privatsekretärin war heute besonders umständlich gekleidet, entsprechend länger hat die wöchentliche Besprechung gedauert.

Doch immerhin sind sie schnell genug fertig geworden, so daß er nun noch schnell einen kleinen Strauß Blumen vom Laden an der Ecke besorgen kann. Sie bekommt zwar nicht oft Blumen, freut sich dann aber dermaßen, daß sie keinen Verdacht schöpft. Diese Freude muß er in Kauf nehmen- auch wenn es lästig ist- er wird sie diesmal nicht abwimmeln können. Ein bißchen nett sein, Fernseher erst um 9 an, dann ist sie überglücklich; und nächstes mal kommt er wieder pünktlich. Wenn seine Sekretärin nächste Woche nicht korrekt gekleidet ist, wird sie entlassen.

Nein, die rote Ampel war zuviel. Links geschaut, rechts geschaut- er läuft über die Straße. Auf der ei-

15

nen Seite ist kein Auto in Sicht und die Autos der anderen Fahrbahn stauen sich bis auf die nächste Kreuzung, es kann nichts passieren. Nach einem Satz auf den gegenüberliegenden Bürgersteig bleibt ihm der Mund offen- und das Herz still- stehen: Auf dem Bürgersteig kommt unserem Passanten von links ein Geisterfahrer direkt auf die Mitte entgegen. Noch bevor er grinsen kann, erfaßt ihn das Geschoß und schleudert ihn, nachdem er ersteinmal mit unheimlicher Kraft gegen den Wagen schlägt, über eben diesen hinweg einige Meter hoch, wobei er nicht nur das Bewußtsein sondern auch schon einige Körperflüssigkeiten verliert. Unsanft, wie eine sandgefüllte Puppe landet er mit unmenschlich verrenkten Extremitäten auf der freien Straßenseite, um gleich darauf von einem zweiten Wagen, der nun wirklich nichts dafür konnte, erfaßt zu werden.

Keiner der späteren Zeugen konnte mehr nachvollziehen, wo das Klavier hergekommen war unter dem man später den Passanten barg. Es muß wohl von einem vorbeifahrenden Lastwagen herabgerollt sein; oder es stand schon dort und die Leichenreste wurden durch die Wucht des Aufpralls unter das Instrument geschleudert.
Feinsäuberlich wurde jeder einzelne Fleischbrocken markiert und in eine blickdichte, schwarze Plastiktüte gesteckt, um so der frischgebackenen Witwe übergeben werden zu können. Diese nahm den kostenlosen Service der Stadt auch dankend an und gleichsam ihren verschiedenen Mann mit nach Hause. Zusammen mit einigen Litern Formaldehyds konservierte sie nun Stück für Stück ihren Mann in ihre Einmachgläser- die Guten, noch von der Großmutter! Doch für

16

ihren Mann war ihr nie etwas zu gut. Nach dieser wissenschaftlich korrekten Aufbereitung des *corpus delicti* verteilt sie die einzelnen Gläser nun nach ästhetischen Gesichtspunkten in der ganzen Wohnung. Passend dazu: Blumen der Saison.

Ihre Einrichtung wurde in Kennerkreisen hoch gelobt und fand noch höhere Anerkennung. Sie wurde in Zeitschriften und TV-Sendungen zur Schau gestellt und genoß es. Sie war in ihrem Geschmacksinn einmalig und ihr Mann ansich irgendwie auch. So war er ihr am liebsten.
Sie wollte ja doch immer nur- seinen Körper.

18

Dem Spinner zugeschaut

Er trägt die Latschen falsch herum, genauso, wie er den Verstand mit seiner Geburt an den Nagel gehängt hat und sich so der überhaupt schwersten Last im Leben frühst möglich entledigt hat. Ich war zu dumm, es ihm gleich zu tun.

Er rennt durch die Straßen, als hätte er tatsächlich etwas zu tun, als würde er was suchen. Dieser Eindruck täuscht! Er gibt nur vor, etwas vorzuhaben. Statt dessen läuft er stundenlang kreuz und quer durch das Dorf und braucht allein täglich zwei Stunden, um sein Haus wieder zu finden. Bei den zwanzig Häusern, die es in seinem Dorf gibt, ist das durchaus eine Leistung.

Irgendwann konnte ich das Elend nicht mehr mit ansehen: ich gab ihm ein Wollknäul (in ausreichender Länge) und wies ihn an, das eine Ende an seinem Gartenzaun zu befestigen und den Rest langsam abzuwickeln. Wie konnte ich ahnen, daß ihn auch das überfordern würde?

Morgens ging er wie üblich los, band vorher natürlich den Faden fest. Als er nachmittags hektisch an mir vorbei lief hielt ich ihn, bereits wieder extrem angespannt, fest und fragte ihn, ob er wieder ‚ein Problem' hätte. Mir konnte er es ja sagen! 'Warum ist die Wolle noch nicht abgewickelt' frage ich- mit prompter Antwort. Er wollte auf keinen Fall auch das Ende des Fadens verlieren und da hat er in einem Anfall von Geistesblitzen meine Anleitung geringfügig abgewandelt und den Faden nicht am Zaun sondern an seinem Bein befestigt. Ja, ich kann es bezeugen: er hob sein Bein damit ich den gekonnten Doppelknoten bewundern konnte!

Der Anstand gebot es, ihn darauf hinzuweisen, daß wir direkt vor seinem Haus standen. Ob er mich verstanden hat kann ich nicht mit Bestimmtheit sagen- ich ging dann, bevor mir eine un- bis passende Bemerkung über die Lippen kommen konnte.

Schlimmer als dabei geht es auf den regelmäßig stattfindenden Dorffesten zu. Innerhalb einer Stunde sind die Klatschweiber mit einem Jahresvorrat an Eierlikör abgefüllt, die Herren haben kräftig Gold in der Krone. 'Schön' mag man sagen, 'fällt der Spinner nicht so auf'. Leider verträgt er kein Alkohol. Leider trinkt er ihn.
Wenn das ganze Dorf lustig ist, dann wird er Mensch- mit all seinen Trieben. Er schaut der Dorfältesten unter den Rock, alle lachen. Er berührt die breiteste, zweitälteste Frau unsittlich, es regnet Anfeuerungen und den ersten Tritt zwischen die Rippen. Als er den Weg unterm Tisch hervor gefunden hatte, suchte er den Übeltäter. Es war allerdings nicht der ehemalige Ringer, dem er eine zwischen die Schulterblätter gab, als dieser gerade vom Zapfhahn an seinen Tisch zurück wollte.

Die Reflexe dieser drei Zentner waren nicht nur für den Spinner, sondern auch für seinen dritten Halswirbel, äußerst überraschend. Durch mehrmaliges Gegen-die-Wand-Rennen renkte er seinen Hals wieder ein- wer hätte gedacht daß man von ihm noch was lernen konnte?
Jetzt hatte er ein Gesicht in seinem Kopf gespeichert Zu dumm, daß es das falsche war. Er nahm Anlauf, sprang ab und dem Ringer auf die Schultern. Dort angekommen biß er sich gleich in dessen Ohr fest. Mit

20

den passenden Zeichen von Schmerz setzte der Gepeinigte die nötigen Kräfte frei und warf den Peiniger an die Wand, an der die ungenutzten Kleiderhaken befestigt waren. Im Winter hätten dort die Mäntel der Anwesenden gehangen. Jetzt hing dort ein Mensch. Vier Haken haben seinen Rücken direkt durchbohrt, zwei hielten nur die Kleidung.

Nachdem die Haken von der Wand brachen und der Spinner mit auf den Boden fiel dauerte es doch schon etwas länger, bis er sich wieder aufrappelte. Ich denke, daß der vermehrte Flüssigkeitsverlust, die blasse Hautfarbe verursachte. Da man aber in der dunklen Ecke die sich rasch vergrößernde Blutlache nicht erkennen konnte, und der Flieger offensichtlich wieder stand, wandte man sich wieder den Gesprächen und dem abgekauten Ohr zu.

Ich habe ihn nicht gehen sehen. Zuhause war er auch nicht. Ich stellte mir vor, wie er die ganze Nacht sein Haus sucht und wollte wieder anfangen zu fluchen. Ich hatte keine Zeit jetzt! Ich hatte mich bereit erklärt, der Gemeindemutter bei der Reinigung des Gemeindehauses behilflich zu sein. Die Anderen waren noch im Tiefschlaf.

Ich betrat die dunkle Hütte und roch das Blut sofort. Nachdem ich die Fenster geöffnet hatte, setzte ich mich zur bereits ausgekühlten Leiche meines speziellen Freundes. Das konnte ich nicht ahnen. Der Spinner sagt auch nichts! Stirbt einfach dahin, ohne etwas zu sagen! Wie dumm kann ein Mensch sein? Nichteinmal 'Auf Wiedersehen!' oder wenigstens ‚Herr Doktor, kommen sie mal kurz! Ich glaube ich hab' da was am Rücken!' Ich habe ja bis jetzt viel Verständnis gezeigt für ihn. Zuviel, wird mir klar. Ich bin der Einzige gewesen, der sich wenigstens ein bißchen um ihn gekümmert hat und er sagt nichts- stirbt einfach!

Meine Geduld war jetzt am Ende. Ich schloß das Fenster und die Vorhänge wieder, schloß auch die Tür, ging nach Hause und legte mich noch mal schlafen.. War ja auch eine lange Nacht gestern. Wer sollte es mir verübeln?

Zeige mir den Weg

Kreuze meinen Weg
Und zeige mir
Die Richtung meiner
Falschen Welt.

Behalte aber mir
die Umleitungen selbst.
Nur der Weg ist ziellos,
der nicht verspricht
und sich nicht hält.

Kreuze meinen Weg noch mal.
Folge meiner Spur
Hinauf, hinüber- hoch ins Tal.
Laß uns leuchten!
Zusammen- Irrlichter der Welt.

Corpus

ZWEI Augen, EINE Nase,
EIN Mund und auch
ZWEI Ohren.

ZWEI Hände an ZWEI Armen,
ZWEI Beine und
EIN Hals.
ZWEI Füße nicht vergessen.

DEN Bauchnabel und
DIE Organe
Unterschlagen wir
Jetzt mal.

WER BIN ICH?

Was im Leben wichtig ist

„So dunkel wie es ist, traue ich mich nicht unter meiner Decke hervor, draußen sind schon alle wach. Ich auch- aber ich traue mich nicht bis zum Lichtschalter oder zur Tür. Durch den Spalt dringt schon Licht vom Flur, aber gar nicht weiter als bis zum Anfang von dem Schrank mit meinen Sachen.
Weil ich nicht mehr schlafe, ist es nicht mehr lange und einer kommt rein und macht das große Licht an. Es ist so hell- aber nicht so wie die Sonne, so wie das Licht bei den Laternen draußen. Da wird mir immer kalt, weil ich ja jetzt raus muß und mich anziehen lassen.

Unterhemd anziehen kann ich schon, aber das mit den Strümpfen ist schwierig. Die sind immer so eng und mit dem Hochrollen klappt das auch nicht so richtig.
Das Zähneputzen muß ich immer vorher noch machen und das Waschen, weil ich immer so kleckere und dann muß ich mich wieder ausziehen und was anderes anziehen. Das mag ich nicht.
Wenn ich das geschafft habe, gibt es das erste Frühstück. Ich mag soviel gar nicht essen- höchstens eine Stulle mit nicht so viel drauf und zu trinken kalte Milch, am liebsten aus der roten Tasse mit den weißen Kreisen drauf. Das ist dann schon fertig und auch meine Brottasche ist gepackt mit Brot in Butterbrotpapier und zwei Stücke Apfel, manchmal auch ein ganzer. Ich habe schon mal einen Apfel gegessen mit allem außer dem Stiehl! Aber immer geht das nicht.
Das Brot hat immer soviel Butter drauf. Wenn ich nicht sage ,*ganz wenig Butter, bitte'* dann ist das immer

25

so fett. Ich versuche es dann mit dem Butterbrotpapier ein bißchen abzuwischen.

Die Jacke, die ich habe, hat zwei Seiten: eine dunkelblaue und eine weiße. Man kann beide anziehen, so daß alle glauben, man hätte zwei Jacken! Ich habe das schon mal gemacht und wenn ich mich verstecke, wechsle ich schnell die Seite.
Die Schuhe, die ich jetzt habe, haben Klettverschluß, da muß mir die keiner zubinden. Komisch ist, daß ich manchmal die Schuhe andersrum anhabe- also rechts und links vertauscht. Das muß mir erst einer sagen, weil die mir so auch passen.
Dann gehen wir los und es ist immer noch dunkel und ich muß an der Hand gehen, weil ich sonst gar nicht hinterher komme. Wenn es mal eilig ist, dann muß ich richtig laufen. Und wenn wir da sind machen wir Tschüs und ich kann mich alleine ausziehen und da können wir, wenn es noch früh genug ist, spielen."

Kreischend reißt mich der Wecker aus dem traumlosen Schlaf. Manchmal liege ich schon wach im Bett und bewache das selbstleuchtende Zifferblatt. Ich habe auch dann nicht die Überwindung, früher als nötig aufzustehen. Ich bin wie gerädert, als hätte ich gar nicht geschlafen und wenn es soweit ist, ziehe ich mich aus dem Bett. Der erste Weg führt ins Bad. Den üblen Nachgeschmack der Nacht loszuwerden ist jetzt das wichtigste, damit ich mir nicht so tot vorkomme. Unter der Dusche wird man wieder Mensch und der Schrecken des Tages nimmt wieder klare Konturen an.

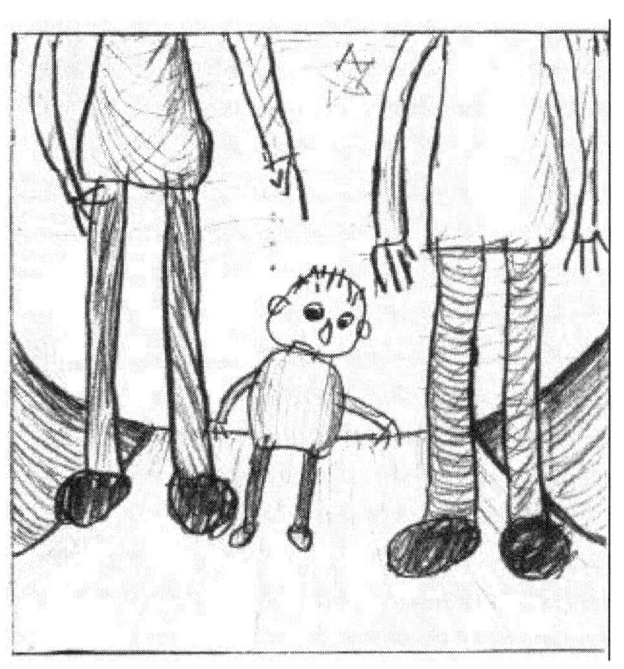

Die Leute im Amt kann ich nicht mehr sehen: mehr als Abneigung- Ekel.

Das Wasser für den Kaffee kocht bald und noch bevor ich selbst was esse, wecke ich das Kind. Die im Kindergarten sehen es nicht gerne, wenn die Kinder unregelmäßig gebracht werden. Den Ärger spare ich mir- ich habe sowieso nur wenig Zeit.
Ich gehe in sein Zimmer und schalte das Licht an. Da schaut er mich mit seinen großen Augen an. Er war auch schon wach und läßt sich nicht lange bitten aufzustehen. Nur ins Bad geht er nie so gerne. Das Wasser ist kalt und das Zähneputzen langweilig und schwierig.
Ich mache solange schon seine Brote fertig. Ich weiß nie, was ich ihm machen soll. Er ist so mager und ißt doch nicht. Deshalb mache ich ihm mehr Butter auf seine Brote, damit die wenigstens nicht so trocken sind. Aber am liebsten ißt er sie wohl ohne alles.

Der Bericht muß bis morgen fertig sein.
Dann ruft er schon. Er ist fertig und kriegt seine Sokken nicht an die nassen Füße. Das schaffen wir schon. Irgendwann lernt er das auch noch.
In der Küche geht es recht schnell. Die Milch schluckt er schnell weg und sein Brot ißt er etwas widerwillig auf. Es wird auch langsam knapp mit der Zeit. Jacke und Schuhe habe ich schnell an und während er seine Sachen anzieht, kann ich noch schnell meinen Aktenkoffer sortieren.
Ich will nicht.

Zum Kindergarten sind es ein paar hundert Meter, die muß ich in fünf Minuten schaffen, damit ich meinen

Zug erwische. Es tut mir leid, daß ich ihn ziehen muß, aber es geht nicht anders. Morgen haben wir wieder mehr Zeit.

Schnell bringe ich ihn in seine Gruppe, wo er von seiner Erzieherin in Empfang genommen wird. Ich verabschiede mich schnell und lege einen Gang zu in Richtung S-Bahn.

Manchmal frage ich mich wozu.

Im Sinne des Erfinders

Ich glaube nicht
und glaub auch nicht,
daß irgend jemand mir das glaubt.

Denn:
Was soll man wagen,
wenn alle,
das stelle man sich vor (!),
den gleichen Müll erzähl'n?!

Alles ist nicht gut genug,
aus Scheiße
Gold zu brennen!

Der Grund dafür
ist Dir auch klar:
Weil nie sein kann,
was nicht schon war.

Der Berg zum Propheten

Nachmittags ¾ nach geht die Sonne auf den Markt-
platz um noch letzte Besorgungen zu machen, bevor
die Erde untergeht. Unterwegs merkt sie, daß mal
wieder der Mond versucht, ihr aus dem Weg zu gehen. Doch davon läßt sie sich nicht beirren und setzt
ihren täglichen Bummel durch die Ladenzeilen fort.
Am nötigsten braucht die Sonne heute die H_2-Vorräte.
Sie fühlt sich in letzter Zeit so ausgebrannt und gar
nicht mehr fit for fun. Dabei hatte ihr sonst ein guter
Spaziergang immer viel Freude bereitet. Es muß wohl
die hohe Konzentration an Erdstrahlen sein, der ihr
Immunsystem und den Stoffwechsel so durcheinan-
der bringen.
Schon steht die Erde fast in Augenhöhe, man kann
gut die Krater erkennen, da läßt sich auch der Mond
blicken. Die Sonne ist ja nicht doof: Diesmal will sie
sich den feigen Lumpen mal gehörig zur Brust nehmen, getreu dem Motto: *Veräppeln kann ich mich alleine
schon lange!* Und so nimmt sie die Verfolgung auf.
Über Tische, über Bänke über Stock und Stein verfolgt
sie das runde Etwas. Sie rennt ihm nach bis weit in ihr
unbekannte Gebiete hinein. Mittlerweile wird es
schon arg dunkel und nur noch die Reflexionen des
Mondes zeigen ihr den Weg durch die Geröllfelder
vor der Stadt; und während sie die gerade erworbe-
nen H_2-Päckchen verzerrte wird ihr beiläufig klar, daß
ihr Gegner aud dieser Jagd ihr einziger Verbündeter
ist- sofern er weiß, wohin er da läuft!

Würde diese alte Frau nie aufgeben? Der Mond sieht
schon nichts mehr. Keine Richtung, geschweige denn

einen Weg. Sie ist so hartnäckig und nachtragend obendrein. Im Grunde kann er gar nichts dafür. Er ist der Meinung, er sei ein Opfer der Umstände.

Das war damals, als er noch ein wenig jung war. Er tollte durch die Bahnen und wußte gar nicht wohin mit seinem Drehmoment. Und wie er so einen Moment dreht, stößt er die große Sonne an. Wie konnte er es wagen! Er hatte sich höllisch verbrannt, doch das war Nebensache. Die Rache der *Königin der Straßen* war furchtbar offensichtlich nicht genug für die Sonne: sie warf umgehend einige Salven ihres Feuers hinter seinen Fluchtweg. Geistesgegenwärtig versteckte er sich vollständig hinter der Erde und das Feuer traf prompt den Musterschüler auf einigen sehr belebten Plätzen. Das war ein Fehler ihrerseits und das kann sie nicht verwinden.

Und deswegen ist er jetzt immer auf der Hut, um sie bloß nicht zu unüberlegten Handlungen zu animieren. Und deswegen rennt er jetzt wie eine Feldmaus über das Feld und hofft, daß sie ihn nur solange verfolgt, wie sie sich in der Gegend auskennt. *Er* kennt hier keinen Stein.

Langsam wird sie lahm. Die Brennzellen machen es wahrscheinlich nicht mehr lange. *Bleib doch stehen* denkt sie bei sich. Sie ist im wahrsten Sinne überwältigt von seiner Leistung. Doch sollte sie sich die Blöße geben und vor der Kälte zurückweichen, die diesem kleinen Nichts keine Probleme zu machen scheint? Oder hatte er gerade geschwankt? Ist er auch geschwächt und unsicher? Sie würde noch einige Minuten durchhalten und abwarten, wie sich seine Kondition entwickelt.

Als er kaum noch auf den nächsten Schritt achten konnte bemerkt er plötzlich einen leichten bis ansteigenden Sog, der seinen Lauf überraschend erleichterte. Gerade noch hatte er darüber nachgedacht einzulenken und auf eine mögliche Kompromißbereitschaft der Sonne gehofft, die vielleicht bereit wäre, gegen eine gerechte Strafe, den Bann von ihm zu nehmen!

Doch diese Gedanken sind wie weggeblasen. Warum aufgeben, wenn der Geist (oder was auch immer) einen von selbst trägt, ja mit sich mit zieht! So überläßt er sich anfangs freiwillig dem Ziehen und bemerkt mit einiger Freude das Zurückbleiben der Sonne. Doch nicht lange kann er sich freuen, denn einige Zeit später scheint nun auch die Sonne die Strömung zu nutzen. Und er muß wieder seiner Angst Herr werden. Erschreckt muß er feststellen, daß der Versuch, gegen den Strom die Richtung zu ändern, nicht gelingt. Er wird gezogen, die Sonne wird gezogen und auch sie scheint ihre Zwangslage zu erkennen. Es ist zu spät. Denn in der Dunkelheit vor ihnen tut sich eine große schwarze Scheibe auf, dessen Zentrum noch schwärzer ist. Sie fliegen ungebremst darauf zu. Er wünscht sich, daß er vorher eingelenkt hätte. Sie weiß, daß sie ihren gewohnten Platz nicht hätte verlassen dürfen. Schon aus Verantwortung den Kleinen gegenüber.

Sie hetzen der Scheibe entgegen und ärgern sich ernsthaft. Und als die Sonne den Mond fast erreicht, fliegen beide zusammen in das schwarze Loch.

Die Einsamkeit des Regens

Schwarze Tropfen blassen Nebels
Hängen in Schwaden und
In meinem Kopf.
Die Grenzen geh'n verloren.

Ich wünschte, einmal noch,
Dir tief in Deinen See zu folgen-
Ertrinken und nicht untergeh'n.
Warm umschlossen von Deiner Flut.

Doch der Tag, er kommt.
Die Wahrheit der Sonne,
Die alles verstrahlt.
Und Du bist nicht mehr.

Zäh nur bleibt
Dein Abbild noch in meinem Kopf.
Was soll ich sagen, ohne Dich:
Bin ich noch ich?
Ich weiß es nicht.

Wer es kennt und auch noch wagt, sich gleichwohl auch so zu verhalten, es nicht nur für sich selbst zu tun, der steht am Anfang und am Ende dem größten Segen gegenüber.

Ich wünschte, ich wäre stark genug gewesen.

Zur Person:

Im Buchladen stehen Bücher, die seit dreißig Jahren keiner mehr angerührt hat. Und das ist gut so, denn das deutsche Kulturerbe soll sich nicht in alle Winde zerstreuen. Es handelt sich dabei sowieso nur um deutsche Klassiker wie Hemingways und einige Micky-Maus Heftesammlungen Jahrgang 3-7.

Ich bin ein alter Duden, 16. überarbeitete Auflage. In mir fanden die neuesten Wortschöpfungen wie *Arbitrage, Dederon, Genossenschaftsbäuerin* oder *Ulbricht, Walter* eine Bleibe. Bis zum Letzten sind die meisten, die mich in der Hand gehalten haben, nicht mehr gekommen. Ich langweile die Menschen. Keiner nimmt sich mehr die Zeit, ein Wort nachzuschlagen. Viel lieber wird einfach wild drauflos geschriebenohne Sinn und Verstand! Am liebsten hätte man mich wohl aussortiert aber mein großer Name schützt mich vor politischer Verfolgung.

Sind Sie sich bewußt, daß es seit geraumer Zeit eine sogenannte ,Neue Rechtschreibung' gibt, die Sie absolut überflüssig macht?

Zugegeben, ich habe davon gehört. Wilde Spekulationen, wenn Sie mich fragen! Ich glaube, bevor man sich auf eine neuere, bessere Rechtschreibung einigt, wird der Papst katholisch.

Was er ja wohl auch ist.

Mag sein, daß der Vergleich in der Hinsicht ein wenig hinkt. Im allgemeinen kann man aber sagen, daß ich als Standardwerk des deutschen Historismus im besonderen nicht ohne weiteres ablösbar- geschweige denn absetzbar bin.

Jetzt haben Sie aber ziemlichen Blödsinn geredet, nicht wahr?

Für einen Laien mag es so aussehen- Ich glaube viel mehr, daß meine Aussage von einer klaren Auffassung der selbsterkannten Aufgabe ausgehen lassen kann.

Bevor wir den Faden ganz verlieren, möchte ich Sie bitten, mir ein wenig von Ihrem täglichen Umfeld zu berichten, wenn das nicht zu viel verlangt ist!

Ich bedanke mich für diese Frage und versichere Ihnen, daß ich mit aller mir zur Verfügung stehenden Kürze meine Ausführung beginnen und- so Gott will- auch beenden werde.

An normalen Tagen stehe ich hier normalerweise mit dem *Brockhaus Naturwissenschaft in zwei Bänden* zusammen. Die beiden sind sehr reizend und recht bewandert innerhalb ihres Themengebietes. Manchmal muß ich ihnen zwar Fremdwörter erklären, die sie bei sich stehen haben, aber alles in allem verbindet uns ein inniges intellektuelles Verhältnis.

Tja, und alle halbe Jahre findet bei uns ein Treffen der Bücher statt, das auch lax als *„Inventur"* bezeichnet wird. Das ist natürlich nur ein Deckname! Zu diesem Anlaß teilen wir uns nach Themengebieten in verschiedene Workshops auf, die wir familiär *Bücherkisten* nennen. Dort habe ich die Gelegenheit, mich mit anderen Enzyklopädien kurzzuschließen und Wissenslücken aufzufrischen. Besonders mit meinem langjährigen Weggefährten *Fremdwörterbuch* kann ich jedesmal wieder einige Diskussionen bestreiten, denen er, wegen seines zu starken Spezialwissens nur allzuoft unterlegen ist. Am Ende dieser Treffen werden wir von unseren Betreuern wieder nach Hause in unsere gewohnten Regale gebracht, wo wir dann in der gewohnten Runde den Abend heiter ausklingen lassen.

Ich unterbreche hier mal ganz kurz Ihre Ausführungen und möchte zum nächsten Thema überleiten: Wie steht es bei Ihnen mit der Liebe?!

Diese Frage war jetzt aber nicht abgesprochen! Das trifft mich sehr unerwartet. Nun gut- ich gebe es zu. Da war vor langer Zeit eine kurze leidenschaftliche Affäre, die aufgrund der Unterschiede unglücklich enden mußte!
SIE war ein *Synonymwörterbuch* der 7. Auflage- um Jahre jünger als ich und so redegewandt! Wir verstanden uns vom ersten Tag an. Ich warf ihr Wörter zu- sie gab mir andere mit gleicher bis ähnlicher Bedeutung zurück! Wir waren uns in allem einig und obwohl immer sie das letzte Wort hatte, waren wir uns doch nie böse!
Aber, wie konnte es anders sein, eines Tages wurde sie gekauft. Sie wurde mir entrissen und ich konnte nicht mal schreien vor Schmerz! *Band 1* und *Band 2*

versuchten mich zu trösten aber es half nichts. Ich brauchte fünf *Inventuren*, um mich wieder zu beruhigen. Es war ein Schicksalsschlag.

Danke, daß Sie mit uns darüber geredet haben. Es hörte sich zwar für einen Außenstehenden ziemlich blöde an, aber wenn man jahrelang hier hausen muß, kann ich mir solche Gefühlsverirrungen sehr gut vorstellen...

Wieso machen Sie eine Pause? Glauben Sie nicht, daß ich dazu noch etwas sage! Ich schütte Ihnen mein Herz aus und dann überrumpeln Sie mich so erbarmungslos! Warum rede ich überhaupt noch mit Ihnen?

Keine Angst- ich bin gleich weg. Nur noch eine Frage: Wenn Sie sich neu entscheiden könnten, was würden Sie sein wollen?

Ist die Frage ernst gemeint? Na gut: Wenn ich die Wahl hätte, dann würde ich Schmetterling oder Polizist werden, denn beide sind frei wie ein Vogel und haben nie was mit einem Duden zu tun!

Das war ja ein fulminantes Schlußwort, dem auch ich nichts mehr hinzuzufügen habe. Ich bedanke mich bei Ihnen für Ihre geopferte Zeit und hoffe, daß sie bald gekauft oder ausrangiert werden. Ich komme jedenfalls nicht noch einmal hierher!

Falsche Organisation

Neben den großen Koffern und den Taschen saß der
Junge auf der Rückbank, beschäftigt mit sich und der
vorbei ziehenden Landschaft, als mit einem überdi-
mensionalen Knall und den unmenschlichen Kräften
der Trägheit der Wagen an einem Tiertransporter,
nunmehr platt ähnlich einer Briefmarke, kleben blieb.

Der Junge wachte auf in eine Dunkelheit, die ihm
nicht unbekannt war. Es war warm und weich. Er
konnte sich nur beschränkt bewegen, doch er lag so
bequem, daß er kein Bedürfnis für Luftsprünge hatte.
Er fühlte sich recht wohl und döste auch schnell wieder ein. Die vorherigen Ereignisse, so unerfreulich sie
auch gewesen waren, schienen weit weg, aus einer
anderen Welt. Er redete sich ein, daß alles gut sei und
ihn morgen früh seine Eltern wecken und ihm das
Frühstück, Kakao und Cornflakes, ans Bett bringen
würden.
Heftige krampfartige Bewegungen um ihn herum
rissen den Jungen aus dem Schlaf. Wie in einem
Müllwagen die Abfälle wurde er gewaltsam in eine
Richtung gepreßt. Es wurde eng und unbequem, er
kam einer *Öffnung* entgegen, durch die grelles Licht
schien. Auf der anderen Seite standen Männer in
Gummistiefeln und Overalls. Mit viel Schmerzen und
äußerst feucht wurde er heraus gezerrt.
Nachdem der Junge mit Stroh gesäubert wurde, hatte
er etwas Zeit, sich auszuruhen. Die Männer redeten
irgendwas und schienen recht zufrieden mit sich und
ihm. Nach einer Weile der Erholung spürte er so einige animalische Instinkte in sich aufkommen. Einer
davon führte ihn zum Euter der Milchkuh, die ihm

vor fünf Minuten das Leben geschenkt hatte. Von ihr nochmals gut abgeschleckt, wurde er als vollwertiges Mitglied in die Nahrungskette aufgenommen.

3 Jahre später:

Nach Jahren der Mast, als Zuchtbulle war er ungeeignet, führte ihn sein Weg in den betriebseigenen LKW, der ihn und ein paar andere Kameraden in die Kreisschlachthalle bringen würde. Der Weg war aufregend. Er wollte schon immer einmal Auto fahren.
Die Fahrt war schön. Es war nicht zu kalt, man konnte raus schauen und der Verstand hat das nahende Ende noch nicht für voll genommen. Auf freier Straße fuhren sie bis vor ihnen ein 25-km/h-Invalidenwagen die zügige Weiterfahrt behinderte. Ungeduldig scherte der LKW-Fahrer immer wieder ein und aus, bis ihm der Kragen platzte und er mit seinen 50 km/h die 25 km/h toppen wollte.
Während des Überholvorganges sollte eigentlich die Nebenstraße frei sein, war sie auch. Doch der ganze Akt dauerte so lange, daß in der Kurve, in die er einschnitt, ein PKW mit ca. 142 km/h auf des Fahrers Schoß zu fuhr und am Motorblock des Tiertransporters hängen blieb.
Der PKW war hin und durch den enormen Ruck verschob sich der Aufsatzkäfig der Bullen dermaßen, daß die Tür wie von selbst abfiel und eine ideale Rampe bildete, um die Fahrgastzelle zu verlassen. Da die Fahrt beendet war, beschloß man, dem Ruf der Natur nachzugeben und den Ausflug zufuß fortzusetzen.
Als die Nacht heran brach und der Wald kein Ende nahm, die Futterstation war auch nicht zu finden,

40

verloren sie allmählich den Mut und sie wollten fast aufgeben, als unserem Bullen ein kleines entferntes Licht auffiel, ähnlich dem pränatalen Licht kurz bevor er ausgeworfen wurde.

Zusammen liefen sie in freudiger Erwartung der Lichtquelle entgegen, die nur langsam etwas größer wurde. Es waren drei Lichtpunkte zu erkennen, die jetzt genau in Richtung der Meute leuchtete. Ein Ruf gelte durch die Dunkelheit und Sekunden später begann ein Hagel von Kugeln den Fahrtwind zu verschärfen. Die Bullen schrien auf und einer nach dem anderen trat in die ewigen Jagdgründe der industriell genutzten Haustiere ein.

Bevor der Junge endgültig seine Puste verlor, wurde die Landschaft um ihn herum überdeutlich, scharf konturiert und mit einem bunten Leuchten vom Nachthimmel abgehoben. Der Jäger, der ihn zuerst erreichte, schaute ihm tief in die Kuhaugen. Er sah aus wie Gott in Person, wenn man zuviel selbstgedrehte geraucht hat. Die Spitze des Messers, mit dem der Jäger ihm gleich die Kehle durchschneiden würde, konnte er noch erkennen, bis er sein Bewußtsein wieder verlor und er in den farbenreichen Fluß eintauchte, der ihn in das Nirwana der Seeligen spülen würde. Nun durfte er den Sinn des Spieles erkennen, dem er so lange ausgesetzt war und er verzog sein Gesicht zu einer grausamen Fratze, der man nicht ansah, ob sie vor Schmerz lachen oder vor Haß schreien wollte.

Herzblut

(Tax Free Version)

Gut, daß ich dich habe!
Wer hielte mir sonst so gekonnt
Die Klinge an die Brust.
Wer stieße mir denn sonst mit Lust
Das Messer in den Bauch!

Halte Mich!

Halte Mir,
Die Kehle kräftig zu.
Pump, pump pulsiert mein Blut.

Dir kann ich vertrauen.
Keiner hat so gut wie du
Mich je ums Ohr gehauen.

Pump, pump pulsiert mein Blut.

Reden kannst du,
Ich werde schweigen-
Liegen leiden, liegen lassen.
All den Spöttern sei gesagt:

Pump, pump pulsiert mein Blut-
Immer noch und gradheraus
Auf deinen kalten Körper.
Sieht gar nicht mal so übel aus!

Ist erst der Verstand vernebelt
Und der Frust der Lust geweicht,
Ist für jeden schnell erkenntlich,
Daß auch meine Kraft noch reicht,
Fast schadlos das zu überstehen.

Und bis der letzte Tropfen geht:
Pump, pump pulsiert mein Blut.

Last chance: 20ᵗʰ century

Unruhig wurde es in letzter Zeit um ihn herum. Er
verstand es gar nicht, hatte er sich doch offensichtlich
nicht verändert. Da schwirrte ein Zeitgeist um ihn,
dem sich zu entziehen für keinen so leicht zu sein
schien wie für ihn. Er konnte sich erinnern, so etwas
schon einmal erlebt zu haben. Das war aber nicht in
diesem Leben, das war bei seiner letzten Inkarnation
(1857-1933). Damals war er auch schon in einem hö-
heren Alter, eigentlich im besten Alter, wenn es sowas
überhaupt gibt.
Sowas gibt es natürlich nicht. Er war schon damals
fest davon überzeugt, daß es mit ihm zu Ende gehen
würde. Jede kleine Blessur wurde zur unheilbaren
Seuche hoch stilisiert. Doch das war gegen 1899 sein
geringstes Problem. Das neue Jahrhundert stand bevor und ob die Welt es noch in vollem Maße erleben
würde, war äußerst fragwürdig. Auch er hatte sich
ein Exemplar von Nostradamus' Weissagungen be-
schafft und war nun sicher, daß bis spätestens zum 31.
Januar 1900 die Welt untergegangen sein würde. Die
Apokalypse stand kurz bevor, das war eindeutig er-
kennbar. In der Bibel waren ebenfalls diverse Anzei-
chen dafür zu finden. Wie konnte er ahnen, daß nicht
1900 sondern 1933 gemeint war?
Kurz vor seinem damaligen Tod schwor er sich deshalb, nie mehr an solchen Hokuspokus zu glauben
und einer derartigen Massenhysterie zu verfallen.
Sicher, so richtig bewußt hat er das vergessen aber
sein Unterbewußtsein verhinderte jetzt ein erneutes
Abgleiten in die dunklen Regionen der menschlichen
Psyche.

46

Und jetzt, 1999, ist er schon wieder ziemlich alt geworden. Die jungen Leute bestimmen den Lauf und die Geschwindigkeit der Zeit. Das ist ja recht nett; nur bedeutet das leider auch, daß die Fehler der Alten jetzt noch früher wiederholt werden. Das ist, wenn man länger als 30 Jahre lebt, deprimierend und ebenso gefährlich. Jedenfalls geht die Welt wieder unter und diesmal 10 mal stärker als beim letzten mal. Immerhin haben wir ja einen Jahrtausendwechsel und dieses dramatische Ereignis kann man ja nur alle 1000 Jahre begehen! Das dürfte Grund genug sein, recht früh mit dem großen Flattermann zu beginnen.

Das war ihm nicht geheuer. Er hatte in seinem durchlebten Leben erkannt, daß die Zeit relativ unabhängig ihre Katastrophen produzierte. Die wenigsten fallen auf runde oder Schnaps- Zahlen. Das würde er gerne weiter untersuchen. Aber warum sollte er sich einen Kopf machen? Er hatte ja doch keinen Einfluß darauf.

Kurz vor Ende des Jahres lief er öfter durch die Straßen. Es wurde früh dunkel und die spärliche Straßenbeleuchtung in seiner Umgebung gab seiner Umwelt die bizarre Erscheinung, die ihm langsam die Hektik dieser Zeit, den Umfang dieser bevorstehenden Wende und die Tragik des unerbittlich nahenden Abschieds vor Augen führte.

Er lief durch den Park und erkannte, daß eine Phase seinem Ende unaufhaltsam entgegen ging, von der man sich so viel mehr erhofft hatte und die doch alles war, was man sich denken konnte. Es war Unsinn, aber mit der neuen Zahl bekam man gleichsam das Gefühl auch ein völlig neues Leben beginnen zu m ü s s e n . Und je mehr Ziffern sich in der Jahreszahl änderten, desto größer wurde diese Panik, diese Hoffnung, diese Angst.

Er haßte sich schon selbst für diese Dummheit doch mit den zunehmenden Schritten, die er hinter sich ließ klärte sich auch der Blick seiner Gedanken. Es ging gar nicht um einen Weltuntergang. Es war das neue Profil, das man schaffen mußte. Nur sind es diesmal nicht die 80er oder 90er sondern ein ganzes Jahrtausend, dem man seinen Stempel aufzudrücken hatte. *,Das Mittelalter ist vorbei- es beginnt die Renaissance.'* Beängstigend vor allem für die Kirche oder die Moral, je nachdem, was gerade aktuell ist. Er freute sich ja auf die Renaissance aber wer konnte ihm und der Welt versichern, daß es nicht stattdessen der Untergang des Römischen Reiches werden würde?

Er ging durch die Nacht, draußen vor der Stadt, und sah von einem kleinen Hügel aus die Raketen in die Luft steigen- mehr waren es, als in den letzten Jahren, so schien es ihm. Der Himmel war beleuchtet. Sterne waren keine zu sehen und vom Westen kamen Wolken auf. Noch eine Stunde später gab es diverse Explosionen im Himmel, die Farben und Lichter hinterließen einen starken Eindruck und er kam bis früh in den Morgen nicht zur Ruhe.

Staatsstreich

Kleingeister aller Länder
Vereinigt Euch
Zu Kaffee und Pustekuchen.
Gemeinsam seid ihr stark,
in Euren Strebergärten.
Kennt jedes Unkraut
Und das eigene Land
Wie Eure Bildzeitung.
Toleranz im Toleranzbereich
Einer Zauneidechse.
Kakerlaken der Nation,
Querulanten, Andersdenker:
Nieder mit der Teufelsbrut.

Kleingeist Dein Reich komme,
Deine Willkür geschehe,
In Ewigkeit, Amen.

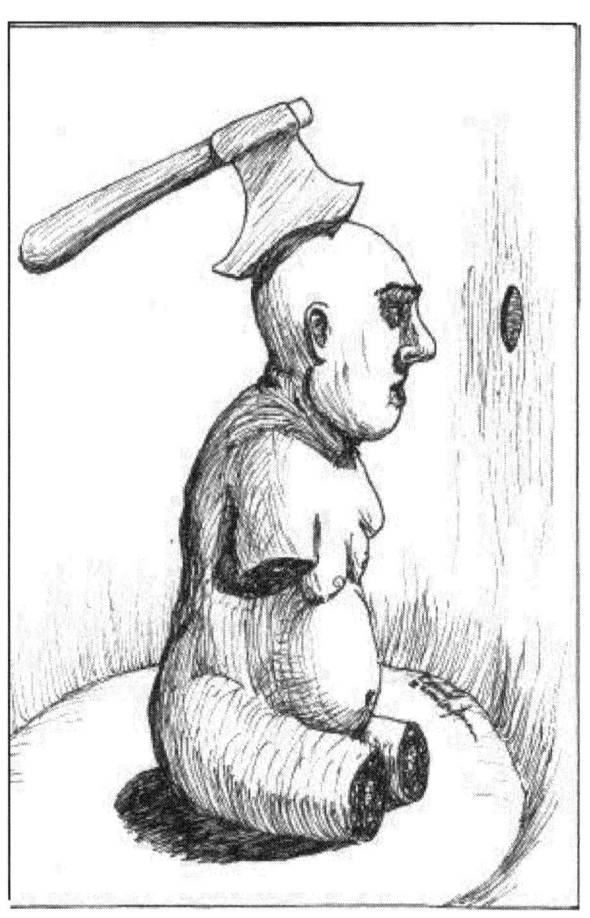

Warum soll ich mir um alles, was in der Welt
vor sich geht, einen bis zwei Köpfe machen?

Es juckt.
Es juckt und ich kratze.
Es juckt, ich kratze und es juckt noch mehr.
Es juckt noch mehr und ich nehme die Bürste.
Ich nehme die Bürste und kratze es.
Auf.
Ich kratze und schürfe mir die Haut blutig.
　　　　Es blutet und es fließt mir über den Arm.
Und doch- es juckt.
　　　　Und da es noch juckt nehme ich ein Messer.
　　　　Ich nehme das Messer und schneide die Stelle.
　　　　Aus.
　　　　　Ich schneide die Stelle großflächig aus.
Und wo ich geschnitten habe wird es wieder jucken.
　　　　Bevor es wieder juckt nehme ich das Beil.
　　Ich nehme also das Beil und trenne den Arm.
　　　　　　Ab.
　　Und wie der Arm fällt, erinnere ich mich.
　　　　Ich erinnere mich an eine Zeit.
　　Und in dieser Zeit hatte es mich gejuckt.
　　　　　Es juckte mich damals am Bein.
　　　　Und also nahm ich das Beil.
　　　　　　Auf.
　　Ich nahm das Beil und schlug zu.
　　Ich schlug zu und die Beine fielen.
Die Beine fielen und ich fiel mit.
Ich fiel und traf das Beil mit meinem Bauch.
　　　　Doch mir darum Gedanken zu machen,
war mir einiges zu dumm.
　　　　　Ab.
　　　　　Auf.

　　　　　·

Kleinstadtterroristen
eine Geschichte ohne Helden

Schwing, schwing- kreuz und quer und auf und ab
über die Tanzfläche im gelockerten Stechschritt beob-
achtet von hunderten Augen hier und vielleicht ein
paar tausend hinter der Kamera, verzögert um einige
Stunden. Mal im Ernst: Wer will denn wirklich den
Bürgermeister von, ich hab den Namen vergessen,
beim Wahlkampf zuschauen. Da hilft auch kein bissi-
ger Kommentar aus dem Offset über die gar zu junge
Begleiterin; es weiß sowieso jeder, daß es die Tochter
ist. Sie wäre ja sonst wohl kaum in der Lage, den Se-
nat zu leiten- in ihrem Alter. Da aber die genetischen
Voraussetzungen vorhanden sind (man sieht's ja am
Vater), kann man sie getrost walten lassen- und
schalten, natürlich.
Der 'Märkische BOOGIE-Interessenverband' hätte sich
allerdings über eine etwas grazilere Körperhaltung
beim Tanzakt gefreut und wollte deshalb die Ausstrahlung des Beitrages verhindern. Aber das Volk
will informiert werden und sein, und deshalb hat die
Redaktion, auch mit der Gefahr eines Boykotts durch
den 'Märkischen BOOGIE-Interessenverband' UND
dem 'Senioren Flotte Sohle e.V.', der Ausstrahlung
zugestimmt. Auch eine kurzfristige richterliche Verfügung konnte das nun nicht mehr verhindern.

Doch dann geschah das Unfaßbare:
Kaum war der Beitrag auch nur zur Hälfte abgelau-
fen- der Bürgermeister machte gerade eine ziemlich
unbeholfene Pirouette, seine Tochter wollte ihn auf-
fangen- da bricht die Sendung unvorhergesehen und
zum großen entsetzen aller Zuschauer (im Durch-

schnitt ca. 1.3 auf 217 m² Stadtfläche) AB. Fünfzig SWING-Fundamentalisten hatten die Sendestation der örtlichen Anstalt gestürmt und dort sämtliche Regler verstellt, die Sekretärinnen verschreckt und (leider auch) alle Leitungen gekappt.

Sehr groß waren die ersten Folgeschäden bei den Zuschauern: einige waren in einen diabetischen Schock gefallen, weil die helle Fläche, die sich bereits tief in die Netzhaut eingebrannt hatte, plötzlich erloschen war, andere bekamen Krämpfe, nervöse Leiden und diverse Infarkte, weil sie, bedingt durch die plötzliche Ruhe, aus dem Tiefschlaf gerissen wurden und weder wußten Wer noch WAS sie waren. An den Spätfolgen arbeiten psychische Kliniken der ganzen Umgebung noch heute. Chancen auf Heilung sind äußerst gering.

Währenddessen gaben sich die Redakteure einem angestrengten Kampf mit den VorRock-Opis. Es wurde um jeden Meter Cafeteria um jedes Stück Auslegeware verbittert gekämpft. Die Erfolge waren gering- die Verluste auf beiden Seiten hoch. Doch letztendlich mußten sich die Redakteure der Übermacht geschlagen geben- 13 Geiseln wurden genommen, die anderen wurden, damit alle wußten, daß sie es ernst meinten, durch die Besatzer öffentlich exekutiert.

Natürlich wurde sofort der nationale Notstand ausgerufen. Das hätte man sich nicht träumen lassen: Erst zicken die Linken rum und dann auch noch die Schlageronkels- das war hart. Jetzt war es nur noch eine Frage der Zeit, bis man auch die Nazis und die Strebergärtner nicht mehr ignorieren könnte. Doch jetzt mußte unbedingt gehandelt werden. Man wollte sich auf k e i n e n Fall schon wieder blamieren und so den Trittbretterrorismus fördern. BGS, GSG9, G7 wurden sofort alarmiert und in erhöhte Alarmbereitschaft versetzt. Dutzende Bomber flogen bereits nach wenigen Minuten hunderte von Einsätzen, um große Mengen von Wanzen über verdächtiges Gebiet (Deutschland, Polen, Dritte-Welt-Staaten) abzuwerfen, und so die Kontrolle der Regierung (vom Volke gewählt) aufrecht zu erhalten.

Zur gleichen Zeit trank ein unbescholtener Bürgermeister mit seiner geliebten Tochter wie üblich seinen TEE.

Doch es wurde noch schlimmer. Die SWING-Aktivisten hatten damit begonnen, über dem Sender das eigene Repertoire an künstlicher Musik zu verbreiten, zusammen mit ihren politischen Forderungen: grundgesetzlich verankertes Verbot von 'Beat'-Musik und gleichzeitige Schunkelpflicht in allen öffentlichen Gebäuden zwischen 8 und 19 Uhr, in Kinos auch länger!
Auf diese Proklamation hin schlossen sich vollkommen unvorhergesehen auch sämtliche POLKA-Innungen der gewalttätigen Bewegung an. Jetzt war alles verloren. Nachdem die Redakteure die Terroristen gezwungenermaßen in die Technik eingewiesen hatten, wurden auch diese durch Sprung in die Tiefe ihrer 'Pflicht' entbunden. Nun gab es auch keinen Grund mehr für sämtliche internationale Spezialeinheiten, in das Geschehen einzugreifen (was eigentlich auch nicht geplant war), denn es gab ja keine Geiseln, die hätten befreit werden müssen.
Dies machte dem Krisenstab die Entscheidung für die folgenden Schritte leicht: Da solche Menschen ja nie auf logische Argumente eingehen würden, versuchte

man es gar nicht erst und ging gleich zum nuklearen Erstschlag über, um so zu verhindern, daß der Feind selbst an spaltbares Material gelangt und sich seine eigene Bombe bastelt.

Dem mutigen Eingreifen weiser Staatsführer war es zu verdanken, daß, nur 71/2 Stunden nach Ausstrahlung der verhängnisvollen Sendung, der Krisenherd vollständig beseitigt war. Kein Terrorist wagte es noch, Widerstand zu leisten- wie könnte er auch, gespalten in seine Elementarteile! Nicht nur der Sender, nein das gesamte Sendegebiet wurde von den Einflüssen der staatszersetzenden Kräfte gesäubert.
Der Stromausfall durch die gleichzeitige Zerstörung einiger E-Werke in dem Bundesland, brachte 9 Monate später viele kleine Mutanten zur Welt- europaweit. Der Bürgermeister? Aus den Augen verloren!

Ein Lied: Ich bin der Wirbelsturm

Ich bin der Wir-bel-sturm!
Ich komme ü-ber euch!
Eh du dich versiehst-
Wenn du nicht fliehst-
Bin ich schon DA!

Erst nehm' ich dei-nen Hund!
Dann kommt das Au-to dran!
Ob du nun läufst-
Auch dich besäufst-
Ich bin schon DA!

Dein Dach hat gut ge-schmeckt!
Bin schon im Gar-ten-haus!
Ich nehm dich mit-
Warst nicht sehr fit-
Ich war schon DA!

Die Kinder win-ken noch!
Komm'n aus dem Kel-ler raus!
Ich ziehe weg-
Nehme den Schreck-
Doch du bleibst hier- bei mir!

Der Liebhaber,oder die Flaschen-Post

Hallo,

ich habe dich neulich gesehen gehabt- im Club. Da haben wir getanzt und einmal hast du auch zu mir herüber geschaut. Wie du vielleicht weißt, war ich auf der Tanzschule und habe sogar den fortgeschrittenen Kurs besucht. Ich schreibe das nur, um dir meine Tanzschritte zu erklären. Ich Wenn du willst, kann ich dir auch gerne ein paar Schritte zeigen., und eine Pizza essen- hinterher und etwas trinken.
Also das war nur so ein Vorschlag. Wir sehen uns ja nächste Woche wieder im Club. Das wird echt toll, weil deine Lieblingsgruppe da auch auftritt. Ich weiß das von B., aber sonst hat sie mir nichts gesagt. Glaube jetzt nicht, ich würde dich ausspionieren oder so! Das hat sie mir nebenbei erzählt als sie sich in der Club-Toilette geschminkt hat.

Bis bald, eine schöne Woche noch

Dein guter Kumpel

Meine Teure,

ich schreibe dir wieder einen Brief. Ich weiß gar nicht, ob du den Brief, den ich dir geschickt habe überhaupt bekommen hast? Seit 2 Tagen warte ich auf Antwort und deshalb bin ich nicht so sicher.

Ich hatte ja gehofft, dich wieder im Club zu treffen, damit wir vielleicht ein bißchen reden können ~~oder~~. Ehrlich gesagt kam ich mir ziemlich dumm vor, ständig mit den 2 Colas herumzulaufen. Das war bestimmt ein Mißverständnis. B. meinte auch, daß du gar nicht kommen konntest, wegen deinem Opa. Das tut mir wirklich leid. Wenn du willst, Tanze ich auf der Beerdigung. Oder wir tanzen beide! Ich kann jetzt auch den Tango besser. Mein Angebot steht noch- ich zeige es dir gerne!

Ich würde dir gerne meine Telefonnummer geben, aber ich darf keine Anrufe annehmen, Tante Agnes ist da ein bißchen wunderlich. ABER wenn du mir deine Nummer schreibst, dann rufe ich garantiert an! Dann können wir Tango und auch ~~Tscha~~ Cha-Cha tanzen!!

Ich hoffe du bekommst den Brief und kannst mir einen Brief schicken oder, wie du willst. Noch mal schade wegen deinem Opa.

In freudiger Erwartung

Dein wohlwollender Freund

Teuerste!

Am Supermarkt habe ich dich letztens gesehen. Erst dachte ich, du hättest mich auch gesehen. Das war aber wohl nur dein leichter Silberblick und dann wollte ich gerade ‚Hallo' sagen, als du es so eilig hattest. Es war bestimmt sehr dringend. Ich kenne das ja auch. Wenn ich nicht rechtzeitig beim Tanzkurs bin, dann ist die Hölle los! Und meine Tanzpartnerin ist erstmal sauer! Aber die ist nicht so wichtig, du kannst viel besser tanzen- im Club habe ich das ja immer gesehen.

Ich weiß, es ist merkwürdig, aber ich habe deine Antwort nicht erhalten! Wir sollten beide mal zur Post gehen und uns beschweren. Auf mich hören die dort nicht mehr. Naja, Beamte! Nun habe ich deine Telefonnummer immer noch nicht.

Der Club ist richtig ausgestorben ohne dich! Es käme mir langsam komisch vor, daß du nie mehr kommst, aber B. hat mir das mit deiner Tante erzählt. An deiner Stelle würde ich unbedingt zum Arzt gehen, es kann sein, daß es was genetisches ist! Damit ist nicht zu scherzen. Ich habe da viele Bücher drüber bei mir im Zimmer über dem Bett. Das ist schön weich. Ich hatte ja auch diese Rückenschmerzen vom Tanzen bevor ich dieses Bett hatte!

Dann können wir lesen und meine Tante kann ich dir dann auch zeigen, die hat überall Pelz!

Ich mache was zu Essen oder meine Mutter und dann können wir uns auf mein weiches Bett setzen und f Ł essen.

Hoffentlich klappt das jetzt mit der Post. Wir haben richtig Spaß zusammen, was ?!

Dein feuriger Verehrer

Angebetete Schönheit,

wir sind uns einig, es reicht! Die Post wird verklagt! Sie verhindert eine Beziehung, wie es sie seit Kristian und Isolde nicht mehr gegeben hat.

Du bist im Bus an mir vorbei gefahren, vorgestern nachts! Du hast mich ja auch gesehen. Der Busfahrer war echt ein Schwein. Ich bin einen halben Kilometer hinterher gerannt und ich habe auch gesehen, daß du mit dem Fahrer diskutiert hast, damit er anhält. Statt dessen fuhr er immer weiter und hat nicht mal an den Haltestellen gehalten. Ich frage mich, wie ein Mann so dumm sein kann?! Hat er denn nicht in den Rückspiegel geschaut?

Auch B. ist nicht mehr im Club und ich gehe da auch nicht mehr hin. Die können da sowieso nicht richtig tanzen. Da sind wir wirklich spitze drin, was? Aber die Post verhindert ja, daß wir wirklich zusammen kommen. Ich werde mir etwas einfallen lassen müssen, denke ich.

Sei bitte nicht böse, wenn mein nächster Brief etwas auf sich warten läßt. Ich habe da etwas am laufen. Du wirst dich bestimmt freuen.

Ich halte zu dir, so wie du zu mir!

Dein abgöttischer Verehrer

Brünette Göttin,

alles steht Kopf! Das war ein Chaos mit den ganzen Briefen und der Sortiermaschine. Du hast es bestimmt in der Zeitung gelesen, aber die wissen nur die halbe Wahrheit! Ich habe es ihnen gezeigt, für dich! Das

Wort Briefbombe bekommt eine neue Bedeutung durch mich. Ich werde sie nach dir benennen, wenn du willst. Jetzt kann die Post zwar gar keine Briefe mehr verschicken, die werden dann aber auch nicht zu spät kommen!

Ich wünschte du könntest hier sein und mir die Kugel aus dem Anus holen! Aber ich bin dir nicht böse. Ich weiß, daß du in Gedanken bei mir bist. Das gibt mir Kraft. Wir werden wohl so schnell keinen Tango mehr tanzen können.

Ich denke immerzu an dich in meinem weichen Bett, du würdest es lieben.

So wie ich dich.

Wir werden bestimmt bald vereint sein. Wir werden heiraten und können dann in meinem Zimmer wohnen. Wenn wir Kinder gekriegt haben, kann ich auch die Garage ausbauen. Ich bin zwar nicht so handwerklich- aber für dich! Ich mache halt alles. Du mußt nur dann auch da bleiben. Und diese komischen Unterhaltungen mit den Spinnern aus der Realschule unterbleiben dann auch.

Ich kann es nicht erwarten! Wir beide:

*L*otte und *W*olfi!

Ich himmle dich an

An den verrückten Spinner,

LASS mich in Ruhe. Ich kenne dich nicht. Ich weiß nicht mal, wie du heißt. ICH HASSE DICH! <u>Du bist pervers</u>. Ich werde umziehen und beim nächsten Brief bekommt deine Adresse die Polizei. Verpiß dich in dein Loch!!

Auf Nimmerwiedersehen

---

lung ### Presse-Mitteilung ### Presse-Mitteilung ### Presse-Mitteilung #

(DPA) In Verbindung mit dem Bombenan-
schlag in der Hauptpost, bei dem 5
Menschen ums Leben kamen und 13 Menschen leicht bis schwer verletzt wurden, konnte der vermutliche Attentä-
ter nur noch tot in seiner Wohnung
geborgen werden. Er unterlag einer
Schußwunde, die ihm wahrscheinlich
auf der Flucht von einem Polizeibeam-
ten beigebracht wurde.
Ein Bekennerschreiben hinterließ der
Tote nicht, er war aber für seinen
labilen und einnehmenden Charakter
bekannt. Dem Attentat gingen mehrere
schriftliche und verbale Drohungen
voraus, die nach Angaben des Dienst-
stellenleiters H.T. auf Nachforschun-
gen hin nicht ernst zu nehmen waren.
Die Hauptpost wird voraussichtlich
bis Februar nächsten Jahres geschlos-
sen bleiben. Die Höhe des Schadens
ist noch immer nicht vollständig auf-
geschlüsselt.

Der Mann, dem mehr Wissen
nicht geschadet hätte

„Jeder Gang macht schlank und
Kann man erstmal sitzen,
Kommt man nicht mehr ins schwitzen.“

Endlich oben- Chefetage.
Dem Fleißigen sein Arbeit-Lohn.
Was ich mache, weiß kein Mensch.
Mitunter ist selbst mir der Grund
Nicht wirklich richtig klar.

Ich gieß die Blumen!
Ich fülle auch den Tintenfüller
Zuweilen wieder auf
(wenn keiner kommt und es mir tut).

Meinen Namen schreibe ich
Schon fließend-
Ohne hinzuseh'n.
Das bringt mir Lob und Staunen
Von allen Seiten und von Unten.

Auch, was es heut' zum Mittag gibt,
Liegt hier in meinem Magen!
Alle mögen mit mir auch:
Schweinskopfsülze- Rindsrouladen.

Mit dem Fahrstuhl komm ich dann
Bequem in die Kantine und auf's Klo.
So mach ich es nur allzugern:
Man geht nicht mehr, man steht!

*(P.S. Der Geist im Kopf macht es dem Körper
gleich)*

Doch lieb ich auch die Feiertage!
(Selbsternannte freie Tage).
Da geh' ich, so wie heute,
Unter die Menschen
Oder zum schießen in den Wald-
Denn schießen kann ich, wie ein Meister!

Läuft mir etwas vor das Rohr,
So ist es tot- ganz oder ein bißchen.

Laß mal seh'n: Ein Hirsch.
Ich lege an und ziele dann.
Ich drücke ab- und nichts passiert?!
Schau-schau: Ist da im Rohr-
Ein stau? *Peng-rauch-schall*

Der gute Mann sagt jetzt nichts mehr.
Sein Schädelkasten? Völlig leer!

Im Fenster

Märchenstunde: **Das schwarze Schloß**

So gab es einmal in einem sehr fernen Land, vor un-
denkbar langer Zeit ein großes Schloß, besonders
geschützt und seit Jahrhunderten von keinem Feind
mehr besetzt. Noch vor dieser Zeit war das Schloß
voller Leben. Musik, Tanz und Schauspiel gab es jeden Tag. Es herrschte reger Handel und es hieß, daß
man wenigstens einmal im Leben in das Schloß kommen müßte, um das Treiben, das in der ganzen be-
kannten Welt nichts vergleichbares fand, erlebt zu
haben. Und Gäste waren gern gesehen. Es gab Gast-
häuser zu Hauf und jeder Fremde wurde mit Freude
aufgenommen und es wurde nicht an Essen und Unterhaltung gespart.
Doch diese Zeiten waren längst vergangen und nur
die Ältesten saßen noch manchen Abend zusammen
in den Gemeinschaftshäusern der umliegenden Dör-
fer und träumten zusammen von der guten alten Zeit,
als ‚der König der Lebensfreude' das Land regierte.
Der war jedoch lange tot und sein Enkel hatte die
Herrschaft über das große Reich übernommen.
Das Schloß war noch immer Residenz des königlichen
Hofes. Aber das Aussehen hatte sich stark gewandelt.
Von aller Freude, Farbe und Herrlichkeit war nichts
mehr zu sehen. Aus Gasthäusern wurden Ställe, aus
Spielhäusern wurden Lagerhallen. Künstler fanden
hier keine Arbeit, Fremde kein Wohlwollen. Keiner
außerhalb des Schlosses hatte den König je zu Gesicht
bekommen. Man munkelte, er würde nie einen Fuß
nach draußen setzen und jeden Sonnenstrahl fürch-
ten. Aus diesem Grunde hatte er befohlen, alle Fenster
mit schweren, schwarzen Stoffen zu verhängen oder
mit riesigen Steinen vermauern zu lassen. Das ge-

samte Schloß wurde von tausenden Fackeln beleuchtet, deren Ruß mit der Zeit alle Mauern pechschwarz
färbten.

Seine Krankheit machte den König nicht nur traurig

sondern auch böse. Er kümmerte sich nicht um sein
Volk. Auch hatte er nie für Nachfolge gesorgt, so daß
das Land bald ohne Herrscher sein würde. Er zog sich
vollständig in seine Gemächer zurück und überließ
die Regierungsarbeiten seinen Ministern. Diese küm-
merten sich aber nun gar nicht um das Elend der Bür-
ger. Sie erhoben horrende Steuern und ließen die
Bauern verhungern. Große Teile der Einnahmen aber
wurden nicht, wie es sich gehörte, dem König weiter-
geleitet sondern diese steckten sich die Minister in die
eigene Tasche und wurden immer reicher, während
sie dem König das Elend verschwiegen, in das sie das
Volk gestürzt hatten.

Der König ließ sich jeden Tag viele Gelehrte, Ärzte und Heiler kommen, die er reich belohnen wollte, sollten sie ihn von seiner Krankheit befreien. Viele Mutige trauten sich. Doch viele weise Männer hielten es für Torheit, dem Ruf des Königs zu folgen. Sie glaubten nicht, daß auch nur ein Mann lebendig zurückgekehrt sein soll, der vergeblich versucht hatte, den König zu heilen.

Am Hofe des Königs lebten viele Bedienstete, die nur dafür da waren, den König zu bedienen, die Tiere zu hüten, zu schlachten und zuzubereiten. Gärten mit allen Pflanzen des Nordens und des Südens wurden bestellt.

Im königlichen Kuhstall arbeitete auch der Sohn des königlichen Kuhhirten. Er wurde von allen Träumer genannt, weil er seine Aufgaben nur mit mäßiger Konzentration erfüllte. Mehr als einmal ist ihm beim Kühehüten eine Kuh entlaufen, weil er lieber die Wolken als die Kühe beobachtete. Das sah sein Vater gar nicht gerne. Oft schollt er ihn und der Junge mußte bei den Kühen schlafen, um den Respekt vor dem Eigentum zu lernen. Das war eigentlich als Strafe gedacht. Aber dem Jungen war es egal. Er nutzte die Geräusche und die Gespräche der Tiere, um seine Träume noch bunter auszumalen.

Er träumte von sich als Ritter. Er sah, wie ihm alle Leute an der Straße zujubelten, als er auf seinem hohen Roß an ihnen vorbei ritt. Doch halt! In seinem Traum schaute er noch mal genauer hin und erkannte, daß er nicht etwa auf einem Pferd, sondern auf einer Kuh ritt. Die Menschen am Rande jubelten ihm auch nicht zu, nein! Sie lachten ihn aus! Selbst seine Rüstung wurden wieder Lumpen, wie er sie immer tragen mußte. Und als er fast zu weinen anfing, wendete die Kuh, auf der er ritt, ihm ihren Kopf entgegen und fing an zu sprechen: „Weine nicht!"

Vor lauter Schreck wachte der Junge auf und sah sich umringt von den Kühen. Er war froh, daß er nur geträumt hatte und richtete sich auf. Da plötzlich fing eine braun-weiß-gescheckte Kuh an zu reden: „Na mein Sohn, hast du dich wieder beruhigt?"

„Wieso kannst du sprechen?" fragte der Junge verwirrt.

„Weil du mich hören willst!" entgegnete die Kuh bereitwillig.

„Aber was willst du? Könnt ihr alle sprechen? Warum habt ihr nie mit mir gesprochen?"

„Langsam, langsam, ungeduldiger, kleiner Junge! Habe Geduld und stelle nicht so viele Fragen auf einmal! Natürlich haben wir mit dir geredet- in deinen Träumen! Wir haben dir die Fähigkeit gegeben, deine Welt in deinem Kopf selbst zu gestalten."

„Aber ich träume doch jetzt gar nicht, oder? Warum sprecht ihr jetzt so mit mir?"

Geduldig beantwortete die Kuh auch diese Frage: „Nein, du träumst nicht! Aber du hast auch nie auf uns gehört! Wir haben eine Aufgabe für dich. Höre auf zu träumen! Jetzt ist deine Chance gekommen. Wenn du tust, was wir dir sagen, dann bist du schon in einem Jahr Prinz dieses Landes. Und wenn der König gestorben ist, so wirst du der König sein!"

Der Junge wollte all das gar nicht glauben, hörte kopfschüttelnd zu, was ihm die Kuh zu sagen hatte. Sie erzählte ihm von dem Leiden des Königs und von den Versuchen der vielen Männer, ihn von der Krankheit zu heilen. Die Kuh erklärte dem Jungen, daß sie diese Krankheit durchaus kenne, da sie bei

Tieren auch häufig vorkommen soll. Allerdings sei das Heilmittel nur schwer herzustellen, weil die Zutaten schwer zu beschaffen sind. Und sie erklärte dem Jungen genau, was man für das Mittel brauchte und wie man die Zutaten vermischen müßte. Er sollte sich alles genau merken und gleich am nächsten Morgen, nachdem er sich ausgeruht hatte, sollte er zum König gehen und ihm seine Dienste anbieten. Am Ende gab die Kuh ihm noch eine alte Pfeife und erklärte ihm, daß, wenn er in Not sei, er diese blasen sollte und ein Tier, das ihm am besten helfen könnte, würde ihm zur Hilfe eilen.

Der Junge nahm das Geschenk an und beschloß, die Aufgabe zu übernehmen. Er legte sich sogleich schlafen und am nächsten Morgen, noch bevor die Kühe wach waren, ging er an das Bett seines Vaters, sagte ihm leise ‚Auf Wiedersehen' und ging mit einem kleinen Bündel auf der Schulter davon, um sich seinen Weg in das innere des Schlosses zu bahnen.
Tatsächlich war es an diesem Morgen ungewöhnlich ruhig. Kaum eine Wache war zu sehen und es gelang ihm, bis in die Gemächer des Königs zu gelangen. Dort waren schon wieder alle Heiler des Königs versammelt, um die tägliche Kur des Königs zu beginnen.
Als der Junge in diese Versammlung hineinplatzte, wurde er von allen wütend beäugt. Nur der König selbst schaute ihn mit Staunen an. Lange hatte er keinen mehr gesehen, der jünger war als er.
„Na aber Hallo! Wie kommst du hier her? Wer hat dich herein gelassen?"
„Niemand." War die Antwort des Jungen und er erwartete, gleich von der Wache abgeholt zu werden.

Doch der König fragte weiter: „Was willst du denn?"
„Du bist krank und ich will dir helfen!"
Brüllendes Gelächter aus der Ecke der Heiler.
„RUHE", rief der König, „Laßt ihn reden!"
„Ich weiß von einer Heilung und ich kann sie voll-
bringen!"
Der König hörte interessiert zu, während die Quack-
salber immer wieder versuchten, den Jungen zu ver-
spotten. Der Junge erzählte von einem Drachen, der in
einem fernen Berg hausen sollte und aus dessen Brust
angeblich Milch gemolken werden könne, welche als
warmes Bad eine sofortige Heilung bringen sollte. Das
Problem dabei wäre nur, die Milch so vorsichtig im
Schlafe zu entnehmen, daß der Drache nicht aufwacht
und den Eindringling frißt.
Alle Umherstehenden fingen an zu lachen. Jeder von
ihnen wußte, daß es Drachen schon lange nicht mehr
gab! Aber der König gebot ihnen Einhalt.
„Also gut, abgemacht. Ich nehme dich in meinen
Dienst. Du wirst für mich diese Aufgabe erfüllen.
Wenn du es schaffst UND die Heilung tritt wirklich
ein, dann werde ich dich und deine Familie an meine
Seite nehmen und DU wirst nach mir den Thron
übernehmen! Hast du gehört: WENN du es schaffst!
Schaffst du es nicht, wirst du für immer die Schweine
hüten."
„Die Kühe! Und: Ich werde es schaffen!"

Er bereitete sofort alles vor. Er wurde mit Essen, Was-
serflasche und Wanderausrüstung ausgestattet und
bevor es Mittag war, machte er sich auf in die Richtung, in der nach Meinung seiner Kuh der Drachen-
berg liegen sollte. Das Wetter war erträglich, genauso
wie der Weg und er kam schnell voran.

So marschierte er tagelang durch die Felder und Wäl-
der und entfernte sich schnell vom Königreich, das
seine Heimat war. Nachts schlief er in Höhlen, bei
Bauern oder in hohlen Bäumen. Wasser füllte er sich
aus den Quellen auf. Frisches Essen fand er auf seinem Weg überall. Und eines Tages war es soweit und
er stand am Rande des Berges, der seit einigen Tagen
am Horizont immer größer wurde und der die Höhle
des Drachens verbarg.

Der Junge machte sich ein Lager schlief ein wenig und
machte sich erst in der Nacht auf, um dem Drachen
seine Milch zu nehmen. Er kletterte leise in die Höhle
und versuchte dabei, sich unbemerkt voran zu tasten.
Und als er glaubte, in einem größeren Raum gelangt
zu sein, da war es auch schon zu spät, denn das
schuppige, trockene, zurückweichende Etwas konnte
nur der Drachen gewesen sein. Der schreckte hoch
und erhellte gleich erst mal die gesamte Höhle mit
seinem riesigen Feuerzeug.

Der Junge war starr vor Angst und der Drache be-
trachtete ihn in aller Ruhe.

„Jetzt Beweg dich mal wieder. Iß ja nicht mit anzuse-
hen!"

Langsam wärmte der Junge wieder auf.

„Ich glaub es hackt. Ich habe Schlafstörungen und du
kommst in der einzigen Stunde im Monat, in der ich
einschlafen kann!"

Da wurde der Junge hellhörig: „Heißt das, du schläfst
einen Monat lang nicht mehr?!"

„Erfaßt, cleverer Bursche! Und du bist schuld. Aber
dann kannst du mir ja Gesellschaft leisten!"

„Nein! Ich habe einen Auftrag!"

„Einen Auftrag? Na, dann erzähl mal!"

„Ja, also, ich soll ein Drachenbaby finden und nachsehen, ob es schon bei der Geburt Zähne hat!"

„Es gibt keine Drachenbabys mehr- nur noch alte."

„Aha! Na, soll ich denn mal ein Drachenbaby simulieren?!"

Der Trick schien zu klappen, der Drache fand die Idee sehr gut. Er ließ den Jungen neben sich liegen und erinnerte sich wieder an die alte Zeit, als es Drachen in jedem Alter und an jedem Ort gab. Aber irgendwann rief ihn der Junge aus seinen Träumereien. Das Spiel ging weiter.

„Du, ich habe Hunger!"

„Ja dann iß was."

„Aber ich bin das Baby. Du mußt etwas für mich besorgen!"

„Wieso besorgen? Nagut, was willst du denn haben?"

„Was essen Drachenbabys denn so?"

„Oh, ich glaube- Ratten, dicke Käfer und so."

„Trinken die keine Milch?"

„Milch, was ist das denn für ein Unsinn. Meinst du, wir halten uns Kühe?"

Wie Schuppen fiel es dem Jungen von den Augen. Diese dumme Geschichte. Dieser Drache würde bestimmt keine Milch geben. Wahrscheinlich ist der sogar männlich!

„Was ißt du denn so?"

„Ich bin ein genügsamer Drache. Mir reichen kleine Kinder, die die noch frisch und zart aber nicht verfettet sind."

„Das trifft sich gut, ich weiß wo es welche gibt! Wenn du willst bringe ich dir bis morgen früh 5 kleine, zarte Kinder. Wenn du willst auch schon vorgegart!"

„Das hört sich gut an! Ich weiß schon gar nicht mehr, wie Menschen überhaupt aussehen, geschweige denn kleine! Lecker!"

Auf und davon machte sich der Junge. Er schaute nicht mehr zurück und lief, solange ihn die Beine tragen konnten. Wenn er müde war, schlief er. Ansonsten rannte er, bis er wieder am Tor des schwarzen Schlosses stand.

Was sollte er tun? Er konnte sich schlecht die Blöße geben, ohne Heilmittel dem König entgegenzutreten. Bevor er sich zurückmeldete, wollte er noch eine Nacht schlafen. Dazu ging er in seinen Stall, wo auch wie immer die Kühe ruhten. Er war kaum eingetreten, da wandte sich die Leitkuh ihm zu und sagte:

„Na mein Junge, schon wieder da?"

„Ihr habt mich belogen, Drachen haben gar keine Milch!"

„Ich sagte nicht, daß die Milch vom Drachen kommt. Ich sagte, du sollest zum Drachen gehen, und von ihm Milch nehmen. Drachen hatten eigentlich immer viele Kühe, die sehr leckere Milch gaben. Scheinbar scheint das nicht mehr so zu sein. Bedenke, wenn du die Aufgabe nicht übernommen hättest, wärest du nie so dicht an den König heran gekommen!"

„Aber das hättet ihr mir doch erzählen können!"

„Na egal...Nimm Milch von mir, das müßte auch gehen!"

Der Junge war verdutzt. Wochen voller Strapazen hatte er überstanden, nur um derartig verarscht zu werden. Egal. Er nahm 2 Eimer der Milch und ging am nächsten Tag direkt zum König. Ihm verkaufte er die Milch als die eines Drachens. Sie wurde erhitzt und in eine Wanne gegeben. Der König nahm das

Bad, tauchte kräftig den Kopf ein und stieg wieder aus. Bevor er überhaupt etwas sagen konnte, riß der Junge schon die schweren Vorhänge herunter.

Wie war der König geblendet, als er zum ersten mal im Leben das Sonnenlicht erblickte. Doch nach der ersten Blendung wurde es besser und der König erkannte, wie gesund er war. Seine Freude war unermeßlich. Er dankte dem Jungen mit Tränen in den Augen. Die Heiler wurden alle aus dem Land gejagt.

So hatte der Junge fortan ein beschauliches Leben. Er war immer in der Nähe des Königs und wurde als Thronfolger aufgezogen. Es blieb das Geheimnis des Jungen (und sicherlich der falschen Ärzte), daß der König nie wirklich krank gewesen war. Er starb Jahre später bei einem Ausritt, als er versuchte, eine Schlucht zu überspringen. Der junge Mann übernahm nun die Herrschaft über das Land und es wurde das fröhlichste und beliebteste Königreich im gesamten Mittelwesten.

Und wenn er oder seine Nachkommen nicht gestorben sind, dann sind sie Vertreter oder Supermarktkettenleiter.

Und die Moral von der Geschicht:

Vom Leser auszufüllen (+10 Pkt.)

Der Gnadenstoß

Ein kurzer Einakter in 5 Szenen

Personen

Von Verschlagen-   *der Fuchs*

Die Aufseherin-   *Chef im Haus*

Engelbrecht Siech-   *Der Militarist*

Frau Bertha- *Katholische Dummheit*

1. SZENE

in einem klassisch eingerichteten Raum, nicht ganz ohne
Luxus aber mit Bett von Verschlagen (V) liegt vorne längs
auf dem Boden (scheintot), Aufseherin(A), Siech (S), Bertha
(B) stehen drumherum

S: Ist er tot?

A: Hmmm. Ich bin mir nicht sicher. Mal schau' n...
(kniet runter, dann rührt sich V.)
B: Ach, sieh mal einer an! Er bewegt sich!
V: *stöhn*
A: Na- kommen Sie schon hoch!--- Da haben Sie uns
       ja einen schönen Schrecken eingejagt! (*kümmert*
       sich um V.)
V: Das war beeindruckend! Eine unglaubliche Er-
       fahrung!
B: Wie? Ich verstehe nicht. Was meint er?
S: Der Kerl hat wieder meditiert. Diesmal wollte er
       Geisterbeschwörung betreiben*/*
       (zu V.) Na! Wen haben Sie denn gesprochen?
V: Gesprochen? Seien Sie nicht albern. Mit Geistern
       SPRICHT man nicht! ICH habe telepathisch
       kommuniziert! Jawohl!
B: (*sarkastisch*) Natürlich, natürlich. War es denn
       wenigstens...schön?!
A: Jetzt lassen Sie doch mal den armen Mann in Ru-
       he! Er wäre fast von uns gegangen und jetzt belä-
       stigen Sie ihn schon mit ihren stichelnden Frage-
       reien! Stichelnd? ICH bin nicht stichelnd! --- Wie
       sich das schon anhört: Stichelnd!

S: Fallen Sie mal nicht gleich aus dem Leim! Gehen

80

Sie lieber wieder in ihre Ecke!

B: Peh!

A: Fein, fein.- Nun noch mal zu Ihnen. Was ist denn nun eigentlich passiert?!

V: Ich habe mit Gott gesprochen.

S: Mit GOTT! Ha,ha,ha!!!

B: Das ist ja wohl die Höhe! Mit GOTT spricht nur der Papst! Und dann auch nur Sonntags zwischen 9 und 10!

A: *(zu B.)* Ruhe dahinten!
(zu den andern) Also weiter.--- Und was hat" GOTT" gesagt?

V: Blähungen.

A: WAS?

V: Blähungen! Er meinte, Er hätte Blähungen!

B: Lüge! Lüge! Das ist eine infame Lüge! Wie können Sie so etwas behaupten!

A: Ruhe sag ich!-- Also,- ich glaube ihnen.

V: Ja,ja. *(denkt kurz nach)* und ER hat mir auch anvertraut, daß er SIE *(B.)* nicht leiden kann!

B: WAAASSS???

A: Das ist bemerkenswert! Und ich war immer der Meinung (,daß..)

S: *(unterbricht A.)* Hängen wir sie auf!

B: WWWAAAASSSSS!!!!!! *(total fertig)*

A: Nein, nein! Ich denke, daß es erst einmal reicht, wenn wir sie......fesseln!

V: Eine gute Idee! Das gefällt IHM *(zeigt kurz hoch)* bestimmt!

S: Oh ja, eine wunderbare Idee! Ich habe auch ein Seil. Naja, eigentlich die Wäscheleine- aber man muß auch Opfer bringen können! *(holt es aus seinem ‚Versteck')*

A: Also gut, binden wir sie ab!

(alle fesseln B.)

V: *(freundlich zu B.)* Knebel?

B: *(freundlich zurück)* Nein, danke!

S: Ist es denn auch fest genug?

B: Doch, doch!

Plötzlich gerät Verschlagen in Trance

V: *(fängt an, sich zu schütteln, starrt ins leere)* OH
     mein GOTT!

B: Das ist die Strafe Gottes!! Jawohl! Das kommt
     von den LÜGEN!!!

A: Knebel?

B: Nein! Ich bin schon artig!

A: Gut.--- Ich glaube, er hat wieder eine Vision!

S: Das gibt es doch gar nicht! Warum immer die
     Gleichen? Ich will auch mal eine!

*(Verschlagen hat sich bis jetzt geschüttelt, während der
     jetzt beginnenden Vision geht A. zu B. und bindet sie
     wieder los)*

I.

V: *(Weiberstimme laut)* ENGELBRECHT!!!

S: *(schreck)* HA! MAMA!

V: Engelbrecht! Du kleiner Bastard! Habe ich dir so
     einen Scheiß anerzogen?

S: Nein, Mama!

V: Entschuldige dich gefälligst bei dem netten
     Herrn!

S: Ja, Mama!

V: Benimm dich anständig, sonst komme ich wie-
     der! *(schüttelt sich noch mal dann ist er wieder nor-
     mal)*

A: Jetzt ist aber Schluß mit dem Theater! Könnten

82

wir uns jetzt wieder ernsteren Dingen widmen?

V: Mal ganz im Ernst! Ich glaube, mir ist -- schlecht.

(V. läuft nach hinten, kotzt 'ne Weile)

2. *SZENE*

B: Jetzt muß ich aber mal entschieden Protest einlegen gegen den Sittenverfall in diesem Kreise!

A: *(übertrieben freundlich)* Sie haben ein Problem?

B: Nun ja *(kriegt schiß, Seile!)*...Im Grunde *(besinnt sich)* JA! Ist es denn nicht möglich, hier die Grundregeln eines zivilisierten Zusammenlebens in der Gemeinschaft einzuhalten, um die Existenz wenigstens ein bißchen erträglich zu machen?

A: *(spöttisch)* Sie haben doch ihren Gott! Beschweren Sie sich bei dem! Desweiteren ist es Ihnen offensichtlich nicht möglich, trotz mehrfacher Aufforderung, ihr Problem deutlich zu artikulieren, sprich: in eine genormte Form zu bringen!

B: Aber!

A: DIES muß ich aufs schärfste verurteilen!

B: Aber ich habe ihnen doch mein Problem zu schildern versucht!

A: Ja, und dieses Schild war wie immer reichlich--- dünn. Sie brauchen: THESE-ARGUMENT- BEISPIEL, kurz, prägnant, in dreifacher Ausführung. NUR SO kann ich den gewaltigen Beamtenapparat, der mir zur Verfügung steht, rechtfertigen. *(nett:)* SO, und jetzt legen Sie sich fein schlafen. Das war schon wieder viel zu viel Aufregung auf einmal für Sie! *(Bringt B. zu Bett)*

B: *(während der Unterhaltung hat er vor sich hin ge-*

prabbelt und ist dann langsam völlig abwesend nach
vorne geschlurft. Jetzt hat er seine Vision!)
MAMA!

A: Ruhe auf den billigen Plätzen! Ich habe hier ge-
    rade gewaltfreie Konfliktlösung! Machen Sie
    nicht wieder alles kaputt mit ihrem Geplärre!

V: *(fertig gekotzt)* Lassen Sie mal, ich mache das
    schon. Er ist nur ein wenig--- verwirrt.

S: MAMA! Ich war das gar nicht!

V: *(als mama)* Stell dich gerade hin! *Wie* siehst du wie-
    der aus?! *(geht zu S., nimmt seine Hand hoch)* Und
    die Fingernägel- wieder nicht gewaschen!

S: Mama!- ich wollte doch!

V: Was du wolltest ist mir SCHEISSegaI. Und-
    kannst du keine ganzen Sätze sprechen?!

A: *(geht dicht zu V. spricht diskret)* Ist dieser Tonfall
    wirklich nötig? Ehrlich gesagt kommen Sie mir
    auch nicht ganz--- gesund vor!

V: *(beiläufig)* Zuviel Gen-Soja. Versaut die besten
    Männer!

S: MAMA?? Bist du noch da?

V: Ja, Junge. Jetzt geh' spielen und sei schön nett zu
    den Onkels, die Mama besuchen wollen, ver-
    standen?

S: Ja, Mama!

(läuft im Wechselhopp nach hinten)

3. SZENE

A: *(mehr zu sich selbst)* Bei dem ist ja alles verloren!
    Ich verdopple seine Bleipillenration.

V: *(hat es gehört)* Tun Sie das.

A: *(schaut kurz erschrocken, faßt sich aber)* SIE sind

auch nicht besser!

V: (*anzüglich*) Das nicht- Aber ich hin der Einzige, der mit ihrem verstorbenen Rüdiger in Verbindung treten kann!

A: (*o lala!*) Sie haben recht! Wie konnte ich vergessen...

B: Was sind denn das hier wieder für Schweinerein! Ich dachte, wir wären uns einig, daß so etwas nicht noch einmal vorkommt. Ich habe die Zeitungsmeldungen immer noch im Ohr!

V: (*belustigt*) Zeitungsmeldungen im Ohr!

B: (*wütend*) Jawohl, im Ohr!: "Massenvergewaltigung: eine Schwester, 3 Ärzte, 19 Patienten".

A: Ja und? Wenn ich mich recht entsinne, dann waren Sie zu dieser Zeit gar nicht Patientin in diesem Haus?!

B: Ich war die Schwester!

A: (*hat klick gemacht*) Ohje!!

V: ACH SIE waren das! Ich konnte wochenlang nicht schlafen, weil ich immer dieses Bild vor mir hatte, wenn ich die Augen schloß!

B: Jetzt werden Sie mal nicht albern! Wenn ich Witze hören will, lausche ich lieber Aufnahmen des Papstes.

V: Ha, ha, ha Erwischt, erwischt!

B: (*sich korrigierend*) UM mich von diesem Gedanken frei zu machen,-- natürlich!

V: Natürlich!

A: Natürlich. Das nächste mal lauschen Sie wieder mir! Dann verpassen Sie nichts und Sie können noch was dazulernen- ganz anders als bei diesem Oberguru...

B: GURU verbitte ich mir! Das ist keine christlich-korrekte Bezeichnung!

A: Ach, halten Sie endlich den Rand! Was ist nun eigentlich mit der Träne passiert?

(B hat Schiß, geht zurück ins Bett)

V: Die TRÄNE ist spielen gegangen. Verdauungsspielen sozusagen.

A: Nun holen Sie ihn schon wieder her. Das ist hier ja wie im Puff: ein einziges rein und raus.

V: Dicht dran! Und wenn das die Villa Hammerschmidt wäre, dann wären Sie die Puffmutter der Nation he,he!

A: *(platzt der Kragen)* Es reicht mir mit Ihnen! Sie vergessen wohl, wer hier die Hosen an hat *(?)* Ich hole gleich die Narkotikaampullen, dann werden wir weiter sehen!

V: *(kennt die Gefahr)* Ich bin ja ruhig!

A: Schön, schön. Jetzt rufen Sie das Muttersöhnchen.

V: In Ordnung.

4. SZENE

V: Engelbrecht, Engelbrecht, komm sofort her du Bastard einer räudigen...

S: *(kommt vor geeilt)* Ja, Mama, ich eile!

A: *(abwertend)* Dressierter Affe...

V: *(vervollständigt)* ...steht zu ihrer Verfügung!

A: *(rüttelt S.)* Besinnen Sie sich, Mann. Sind Sie toll?!

S: *(sofort an ‚toll' anschließend)* Kirschen? Nein! Kirschen habe ich nicht gegessen! Ehrlich!

A: Hören Sie endlich auf mit dem Blödsinn. Wachen Sie auf! SOFORT!

S: Wie ist mir? Wo bin ich?

A: Na endlich. Haben Sie ihre Pillen schon ge-

86

schluckt?

S: (*hört nicht drauf*) Ah- Jetzt wird alles klarer! Ich war bei--- Mama! (*ihm wird alles klar*) Sie Schwein! Was haben Sie mit mir gemacht? (*auf V. los*)

A: (*Autorität*) Nanananana! Reißen Sie sich zusammen! Wir sind hier ja nicht im Irrenhaus!

V: Also eigentlich...

S: Miese Sippenwirtschaft hier!- Doch- meine Rache kommt! VERLASSEN SIE SICH DARAUF!!!

(*rennt wütend raus*)

A: (*besorgt*) Oje, was könnte er meinen?

V: Wahrscheinlich holt er seinen großen Bruder.

A: Na meinetwegen. Zahlende Gäste sind mir immer recht. Ich glaube es ist Zeit, sich wieder dem Fräulein Naseweis zu widmen (*geht zu B.*) Fräulein Bertha! Huhu- Wachen Sie auf! Mittagsschlaf ist zu En--de! Von Verschlagen: richten Sie schon mal ihr Zimmer ein. Der Herr Bruder wird bei ihnen unterkommen.

V: (*verstört*) Was? Das war doch nur ein Scherz!

A: (*herrisch*) Tun Sie's!

V: (*gleichgültig*) Wenn Sie es sagen! (*geht*)

A: So Fräulein, Jetzt stehen Sie auf.

B: Ich habe doch noch gar nicht geschlafen!

A: Sie müssen schon selbst sehen, wie sie mit diesem Wissen weiterleben können.

B: Ich verstehe nicht?

A: Nörgeln Sie mich nicht ständig voll!

B: Verstehe. -- Außerdem habe ich ja gar nicht gebetet! WIE, bitte schön, soll ich in Frieden schlafen, wenn ich nicht vorher geBEtet habe? Können Sie mir DAS sagen?

A: Nein. Aber wenn es Sie ruhig stellt: beten Sie.

Aber laut! Damit sie nichts gegen mich sagen können.

B: Vielen Dank!

Also *(kniet nieder)* Lieber Gott. Danke für deinen lausigen Beistand. Die Verpflegung ist mies, Die Unterbringung be--scheiden und meine Freunde ärgern mich. Ich habe Pestbeulen. einen Rundrücken und eine schiefe Nase. Mein Ruf ist ruiniert, meine Eltern haben mich verstoßen und dein Sohn hat meine Weinvorräte in Essig verwandelt, was ich persönlich als größte Prüfung ansehe. Sonst ist eigentlich nichts weiter und ich mag Dich immer noch. Du weißt sicherlich, daß ich die Einzige hier bin, die Deinen Ruf verteidigt hat, und mich würde interessieren, ob du wirklich mit dem Arsch *(zeigt nach hinten)* geredet hast, wie er es behauptet hat. Also, das war es eigentlich. Sag dem heiligen Geist ,Hallo' von mir, Bis bald. Mit freundlichen Grüßen, Deine Bertha. Amen.

A: *(spöttisch)* Das war fürwahr ein schönes Gebet. Wollen Sie jetzt noch mal schlafen gehen?

B: Ohja bitte, wenn ich darf?!

A: Aber natürlich. Ich habe hier auch ein Mittelchen, das ihnen süße Träume bereiten wird!

B: Vielen Dank! Dann wird es bestimmt gehen! *(nimmt sie, legt sich)*

A: Sicher, sicher.---

5. SZENE

A: Von Verschlagen! kommen Sie endlich her!

V: *(schleimig)* Ich eile, ich eile.

88

A: Wo haben Sie denn gesteckt?

V: Na in meinem Zimmer, ich habe es fein herge-
richtet!

A: Man sind Sie meschugge!

V: Mit Wonne. oh meine Gebieterin!

A: Wollen Sie. daß ich Bruno rufe?

V: Die Streckbank? Oh, nein danke! Ich bin noch
bedient vom letzten mal!

S. kommt mit Gewehr reingestürmt
S: Wo ist das Schwein? (schaut sich um) AHH, da!
Schuß, KNALL, V. kratzt theatralisch ab
S. und A. stehen um V.

S: Ist er tot?

A: Hmmm. Ich bin mir nicht sicher. Ich schau mal
nach.--- Ja, der ist hin.

S: Sind Sie mir sehr böse?

A: Ach, I wo. Ich bin immer froh, wenn mir einer
die Arbeit abnimmt. Seine Kinder wollten nicht
mehr zahlen. Ich hätte ihn sowieso rausschmei-
ßen müssen.

S: Dann bin ich ja beruhigt! Aber solche Schmach,
wie er sie mir zugefügt hat, kann ich nicht dul-
den!

A: Das verstehe ich vollkommen. Ach übrigens!
Haben Sie schon ihre Bleipillen genommen?

S: *(lügt)* Ehh. Ja.

A: Ach lügen Sie doch nicht. Sie wissen doch: Sie
können mir nichts vormachen!

S: Nagut- ich hatte sie noch nicht. Aber irgendwie
scheinen sie nicht so gut zu sein. Ich spucke dau-
ernd Blut- und meinen Stuhlgang müssen Sie mal
sehen!

A: Sparen Sie sich die Details. Nehmen Sie!

S: Ja.

S. *schluckt sie, steht ne Weile, schüttelt sich und krepiert elendig*

A: So Frau Bertha. Jetzt sind nur noch wir zwei übrig. Aber das können wir ändern.

(holt Messer, geht zu B.)

Fräulein Bertha? Hallo! Schlafen Sie? *(rüttelt B.)* Die ist ja auch schon hops! Oje. Verstehe. Ich habe ihr die falschen Pillen gegeben. Das ich auch immer die Zuckerpillen und die Elephantentöter verwechseln muß! Naja beim nächsten Mal!

(ans Publikum) Wissen Sie: Ich bringe es einfach nicht übers Herz, Senile, Alte, Beschränkte oder sonstwie Minderbemittelte aus unserem schönen Haus zu werfen. Darum gestalte ich ihnen den Abgang immer so aufregend wie möglich! Und Sie sehen ja: Alle hatten viel Spaß dabei! Falls Sie mal interessiert sein sollten, rufen Sie an oder schreiben Sie uns. Mich ruft wieder die Arbeit. Ich wünsche ihnen noch einen schönen Abend. Auf Wiedersehen.

(geht ab)

Ende

„Da packte die Maus
Der pure Graus.
Für die Katze als Schmaus-
War's schnell mit ihr aus!"

*„Gute Nacht, und
träum' was Schönes!"*